LA MEKIS,

OU

LES VOYAGES

EXTRAORDINAIRES

D'UN EGYPTIEN.

SECONDE PARTIE.

N ous étions dans cette perplexité, & nous nous entrete- nions les uns & les autres du péril & de la situation nouvelle & extraordinaire où nous nous trouvions, lorsqu'un évenement encore plus prodi- digieux succéda; un bruit sur-

A ij

prenant se faisoit au-dessus de notre tête. Nous prêtâmes l'oreille avec attention; il nous sembloit que l'on travailloit sur le vaisseau à coups de hache & de marteau. Un moment après nous vîmes les ais de la Sainte-Barbe, dans laquelle nous nous étions réfugiés, se détacher les uns après les autres. Nous jettâmes un cri unanime d'effroi à la vûe du dépouillement du navire qui continuoit à se faire, & à celle d'une multitude innombrable de Monstres aîlés qui s'occupoient de concert à la ruine entiere du vaisseau. Les uns enlevoient les mats, les autres coupoient les cordages; celui-ci se chargeoit des provisions : enfin chacun d'eux se montroit ardent à contribuer à sa destruction. Le tems que ces Monstres mirent à dépouiller le

LAMEKIS,

OU

LES VOYAGES

EXTRAORDINAIRES

D'UN EGYPTIEN

Dans la Terre intérieure ;

AVEC

La découverte de l'Isle des Sylphides.

SECONDE PARTIE.

Par M. le Chevalier DE MOUHY.

A PARIS,

Chez LOUIS DUPUIS, rue S. Jacques,
près la Fontaine S. Severin, à la
Fontaine d'or.

MDCCXXXVI.
Avec Approbation & Privilege du Roy.

haut du navire, fut très-peu confiderable, & nous permit cependant de diftinguer ces créatures furprenantes : leurs têtes étoient fort groffes, & tenoient à un corps qui reffembloit à celui d'un oifeau ; deux aîles d'une grandeur énorme leur fervoient à leur faire fendre l'air , fous lefquelles étoient placées deux fortes mains.

Il ne reftoit plus du bâtiment que le fol fur lequel nous étions. Nous nous attendions alors à nous voir précipiter du haut de l'arbre, lorfque chacun de nous fut enlevé dans les airs par ces Monftres, lefquels chargés de leur proye s'envolerent de differens côtez.

Le Monftre auquel j'étois tombé en partage voloit de front avec un de fes camarades qui étoit chargé d'un des nôtres.

Je ne fouffrois point de la maniere dont j'étois tenu, bien au contraire; mais ce qui m'effraïoit c'eft qu'il fembloit que je volois moi-même, ne fentant ni le bras fous lequel j'étois, ni le corps qui devoit me preffer. Cependant malgré ce prodige la Philofophie me rendit ma tranquilité; & perfuadé que rien n'eft capable de faire changer la deftinée, je m'abandonnai à mon fort, & je ne fus plus agité que de la curiofité de connoître un Etre auffi extraordinaire que celui fous la puiffance duquel j'étois; j'hazardai donc de porter ma main fur fon corps; mais, ô furprife extrême, elle fembloit entrer comme une épée, & ne recevoit aucun fentiment du tact: je la fermai pour empoigner, & je ne touchai que de l'air. O Ciel! m'écriai-je, où fuis-je,

& quel Démon m'enleve ? Jusques-là aucun son n'avoit frappé mes oreilles; les Monftres voloient dans un profond filence : mais à peine eus-je fait cette exclamation qu'une voix reffemblante à celle d'un nazard enroué, me dit dans ma propre Langue : Quoi ! Lamekis, eft-il fufceptible d'effroi & d'étonnement ? A quoi fert qu'il ait pénétré jufques dans le centre de la terre, & qu'il ait puifé dans le fein de la fageffe, fi malgré tant d'épreuves il fe met au-deffous de lui-même ? Ces paroles me furprirent, & je ne pouvois me perfuader par quelle bizarrerie du fort ce Monftre fçavoit mon nom & ma Langue. Efprit ou Phantôme, repris-je avec plus de tranquilité, par quel fort me connoiffez-vous ? Vous ferez un jour éclairci de ce myftere,

A iiij

répartit l'Intelligence, (car c'en étoit une) il ne m'est pas permis pour le préent de vous dire autre chose, sinon que je veille de tout tems à votre conservation. Mais où suis-je, continuai-je, & où me conduisez-vous? Nous sommes, poursuivit-il, à la hauteur de l'Isle des (a) Sylphides, où regne le divin (b) *Scealgalis* ; Isle miraculeuse, qui ne souffre rien d'impur ni de matériel, à l'exception du seul (c) *Dehaal*, arbre mysterieux, sur lequel a

(a) Est dans la moyenne Région, à côté de la Lune. On prétend que c'est le nuage qui la suit.

(b) *Scealgalis* étoit un Egyptien. Il s'étoit acquis de son tems une réputation si grande pour l'Astrologie judiciaire, qu'il étoit regardé comme un homme divin. La Cabale en a fait un Dieu.

(c) Nom d'un homme admirable, qui dans une étude abstraite & profonde a sçû conserver les ménagemens de l'homme du monde. Il en sera parlé ailleurs.

été porté votre vaisseau , raison
qui en a causé le démembre-
ment , & qui vous fait enlever si
haut dans les airs, afin que vos
êtres grossiers ne souillent point
la subtilité du climat sur lequel
vous passez. Vous allez dans
peu être à la hauteur du Palais
de *Scealgalis* , le simple froissement de l'air lui fera connoître
votre latitude. Après vous avoir
examiné de son Palais divin, l'on
vous dépouillera de l'homme
dans le (*a*) *Ceolbhaume*. L'Esprit se tut après avoir proferé
ces derniers mots ; mais rassuré
par sa douceur je m'hazardai de
lui faire encore une question.
Intelligence sacrée, m'écriai-je,
qu'est devenue l'épouse chérie,

(*a*) Montagne de feu, ou pour mieux
dire , nuage composé des vapeurs de la
terre, que le moindre froissement enflâme
& met en feu.

respire-t'elle encore ? oserois-je
me flatter de la revoir un jour ?
Espere, reprit le Sylphe d'un ton
irrité, mais ne me questionne pas
davantage.

Ce discours me fit soupirer &
jetter les yeux sur un autre Esprit qui voloit à une distance peu
éloignée de moi. Je reconnus
avec plaisir que celui de nos
compagnons qu'il enlevoit étoit
mon cher Sinoüis. Je l'appellai;
ce cher ami accablé, de sa dis-
grace, m'avoir remis à son tour,
mais n'avoit osé me le témoigner. Rassuré par ma voix : Où
sommes-nous , s'écria-t'il ? O
Lamekis, qu'allons-nous devenir ? Existons-nous encore, ceci
n'est-il point un songe ? J'ou-
vrois la bouche pour lui répondre, lorsque l'Esprit jettant alors
les yeux sur moi, mit le doigt
sur la bouche , & me fit enten-

dre par ce figne que je devois obferver le filence. Sinoüis, qui reçut apparamment le même avis, fe tut & fe contenta de me regarder en foupirant.

Cependant il me fembloit que nous volions avec moins de rapidité : nous étions fi fort élevés au-deffus de la Terre, que je ne la pus diftinguer de plufieurs autres (a) Globes, qui ne me parurent pas plus gros que le Soleil, vû de la Terre. Il n'en étoit pas de même de plufieurs près defquels nous paffions, & ils étoient fi grands, que ma vûe put à peine les mefurer. Ces Globes fembloient voguer dans le Ciel comme un vaiffeau fur la mer ; mais leurs mouvemens étoient auffi réglés que celui de l'horloge le plus exactement

(a) Il femble que Lamekis prétende que les Aftres foient autant de Mondes differens.

conftruit, & chaque fois que ce mouvement s'échappoit de notre côté, nous étions pouffés comme par un vent impétueux.

Après avoir couru encore quelque tems la vafte immenfité de l'Hémifphere, en rencontrant à chaque pas de nouveaux prodiges, le Sylphe fe laiffa defcendre tout d'un coup perpendiculairement ; ce qu'il fit fans mouvoir fes aîles. Je baiffai les yeux , & il me fembloit à mefure cue nous déclinions, que les objets, vûs auparavant fi petits, groffiffoient par gradation. Nous laiffâmes à côté un grand Globe (a) lumineux, qui me parut trois fois plus grand que la Lune. Je fentis alors une violente chaleur à laquelle je n'aurois pû réfifter ; mais le Sylphe s'appercevant de l'impreffion

(a) Le Soleil.

qu'elle me faisoit, se mit à voler
obliquement, & m'en déroba
par ce moyen la plus grande
partie. Je voulus éviter le reste
en mettant la tête à l'ombre de
sa grande aîle ; mais cette précaution me devint inutile, les
rayons du Soleil passant à travers son plumage comme au
travers d'une glace. Cette aîle me parut alors un composé
de vapeurs, qui semblable à l'I-
ris, réflechissoit mille couleurs
differentes, dont il me fut impossible de soutenir l'éclat.

Nous nous trouvâmes alors
les deux Sylphes, Sinoüis & moi,
à la hauteur d'un Palais superbe
& extraordinaire par sa structure. Il me parut appuyé sur un
nuage immobile ; les murailles
étoient de glaces, que des rayons
de vingt astres réflechis, ren-
doient de cent couleurs diffe-

rentes ; elles étoient tranſparen-
tes, & ſans l'éclat qui affoiblif-
ſoit la vûe, elle auroit pû pénétrer juſques dans l'intérieur. Ce
Palais étoit d'une figure octogo-
ne, & le toit reſſembloit à la figure de nos Dômes. Un Sylphe
étoit à chaque angle, & chacun
d'eux ſonnoit d'une trompette
d'un modéle nouveau, qui ſembloit de criſtal. Un neuviéme
Sylphe voloit à l'entour de ce
Château, & paroiſſoit armé d'u-
ne faulx, & reſſembloit aſſez à
la maniere dont on repréſente le
Tems.

Le ſon des trompettes étoit
doux & harmonieux, & compo-
ſoit un uniſſon parfait & touchant, qui cauſoit à l'ame des
impreſſions ſi vives & un en-
thouſiaſme ſi divin, qu'à peine
pouvoit-elle y réſiſter.

Quelqu'étonné que je fuſſe

de tant de choses extraordinaires, elles ne me frapperent pas
avec autant de surprise que le
discours que me tint le Sylphe:
» Le tems s'approche, me dit-il,
» que la matiere & l'esprit vont
» combattre ; ce Palais que tu
» vois est celui du divin *Sceal-*
» *galis*, ses decrets se pronon-
» cent perpetuellement, il te
» voit, il lit dans ton cœur, &
» pese au trébuchet de sa justice
» le bien & le mal que tu as fait:
» moins tu seras chargé d'ini-
» quité, & plûtôt tu seras initié
» dans ses mysteres. O ! *Sceal-*
» *galis*, s'écria l'Intelligence en
» joignant les deux mains, prens
» pitié de la foiblesse des mortels,
» protege celui que tu m'as con-
» fié, & ne permets pas que les
» Esprits noirs balancent, dans
» les épreuves où il va être aban-
» donné, les vertueuses inclina-

» tions que je lui ai inspirées.

A peine le Sylphe achevoit sa priere, qu'un rayon de lumiere sortit par le dôme du Palais & sillonna jusqu'à nous, avec autant de rapidité que l'éclair pressé par l'écroulement d'une nue. La frayeur que j'en eus me fit faire un mouvement, & je jettai un cri, croyant que l'Esprit me lâchoit ; le Sylphe à cet effroi se prit à éternuer avec un bruit horrible, & qui pensa me rendre sourd. J'appris depuis qu'on éternuoit dans cette Isle au lieu de rire.

Mais j'eus bien-tôt un autre sujet d'admiration. Jusques-là je n'avois rien senti qui me touchât ; mais après avoir fait trois fois le tour de l'édifice, je m'apperçus que le Sylphe avoit un corps matériel, & que son bras me serroit fortement.

Cependant

Cependant une secousse qui
se fit dans l'air occasionnée par
un violent tourbillon, m'ayant
fait lever les yeux pour en chercher la cause, je vis à une (a)
karie de l'endroit où j'étois une
montagne fort élevée, qui me
sembla de cristal: il sortoit par
le haut du sommet une flamme
bleuâtre & petillante comme le
salpêtre. L'Intelligence qui enlevoit le tremblant Sinoüis, fen-
doit les airs de ce côté, & nous
le suivions. Le tems que nous
mîmes à y arriver, me donna celui de considerer le Sylphe qui
voloit devant nous; il me parut
avoir six pieds de hauteur; sa tête étoit attachée sans col à ses
épaules; à la place des bras deux
grandes aîles en sortoient, dont
le plumage étoit blanc; le corps,
comme je l'ai dit, ressembloit à

(a) Li eue.

II. Part.　　　B

celui d'un oiſeau , excepté qu'il
étoit ſans plumes , & que l'extrémité ſe terminoit en pointe,
comme celle d'un lézard ; deſ-
ſous chaque aîle ſortoit un bras
nerveux & couvert de poil ; la
couleur du viſage & du corps
étoit d'un blanc mat , ſans être
relevé d'aucune teinte ; les traits
étoient parfaits & d'une beauté
ſans égal ; mais ce qui l'empor-
toit ſur tout le reſte , étoit une
chevelûre ſi longue , qu'il n'y
avoit point de Sylphe qui ne pût
s'en ſervir pour s'en couvrir entierement.

Tous les Sylphes de la grande eſpece (car il y en a de deux
ſortes, comme on le verra plus
bas) ne differoient en aucune
façon de celui dont je viens de
parler.

Nous étions près de la montagne de criſtal, lorſque le Syl-

phe qui m'enlevoit tourna les yeux vers moi : C'eſt ici, me dit-il, Lamekis, où je vais t'abandonner, & où tu as beſoin de toute ta fermeté. Tu as paſſé près de la Zone Torride ſans fuir dans le vaiſſeau comme tes compagnons ; mais tu ne faiſois alors que la cottoyer ; & tu vas entrer réellement dans le *Ceolbhaume*, montagne que tu vois, & la (*a*) quarantaine de ce climat qui ſe fait ici, dans une ſeconde. Ciel! que me dites-vous, m'écriai-je ? Comment paſſer par ce feu dévorant ſans en être conſumé ? Bon, reprit le Sylphe en éternuant, l'eſprit ſeul ſouffre dans cette épreuve & non le corps, ce que j'oſe t'avancer, quelque riſque que je

(*a*) Lieu où l'on purifie du mauvais air qu'on veut apporter des climats lointains.

coure de mon indiſcrétion :
c'eſt que ſi tu as l'ame aſſez grande pour t'y précipiter toi-même,
le feu te reſpectera, au lieu que
ſi tu attens que je te laiſſe échapper, & que tu ſois ſuſceptible
de la moindre crainte, le feu te
châtiera de ta foibleſſe. Pendant
ce diſcours nous arrivâmes à la
hauteur de l'embouchure de la
brûlante Montagne. Je n'eus
pas le tems de la conſiderer,
effrayé de ce que je vis, le malheureux Sinoüis fut précipité par
le Sylphe entre les bras duquel
il étoit ; il tomba dans le Vol-
can en jettant des cris affreux ;
la flamme en ſortit avec un
mugiſſement qui ébranla l'air.
J'avois oublié dans ce moment
l'avis du Sylphe, glacé de ce que
je venois de voir, & je tournai
la tête pour l'interroger ; mais
ayant retiré ſon bras, & me rap-

pellant dans cet inſtant ce qu'il
m'avoit dit, je fermai les yeux
& je m'élançai de moi-même.
Je ne puis rendre un compte
exact de la ſituation où ſe trouva
alors mon ame, ni de ce que je
reſſentis en paſſant par le Vol-
can; autant que je puis m'en ſou-
venir cependant, c'eſt que bien
loin d'être touché par le feu, je
me trouvai ſuſceptible de froid,
& ſans aucune agitation. J'ou-
vris alors les yeux, j'étois aſſis
ſur une terre blanchâtre & auſſi
douce que le duvet. Sinoüis
étoit à quatre pas étendu, & il
dormoit d'un profond ſommeil.

Je jettai les yeux ſur les objets
qui m'environnoient; le terrain
étoit mobile & s'agitoit comme
les ondes de la mer. Pluſieurs
Sylphes de l'eſpece de ceux dont
j'ai parlé, alloient, venoient &
ſe promenoient ſur leurs mains.

Il en paſſa une centaine les uns
après les autres, qui jetterent
les yeux ſur nous, ſans que pas
un d'eux en approchât. L'attention que j'avois à examiner leurs
démarches m'occupoit ſi fort,
que je n'avois pas encore jetté
les yeux vers le Ciel.

Si j'avois été frappé des objets qui m'environnoient, je le
fus bien davantage de ceux qui
paroiſſoient dans les airs. Un
nombre prodigieux de ces Eſprits voloient au-deſſus de ma
tête, d'une eſpece bien diffe-
rente pour la grandeur de celle
dont j'ai fait la deſcription : ils
ne me parurent pas plus gros
que des perroquets ; ils ſembloient à leurs agitations être
occupés d'affaires ſérieuſes ; pluſieurs d'entr'eux ſe battoient à
coups d'aîles, & j'en vis quel-
ques-uns qui furent précipités

de mon côté. Mais, ô prodige!
A peine avoient ils touché le
terrain, qu'ils devenoient invi-
fibles & que je ne les voyois
plus.

Tant de nouveaux fujets d'admiration me tinrent long-tems
dans l'attitude où je m'étois
trouvé lorfque j'avois ouvert les
yeux; mais un defir preffant de
manger m'ayant pris, je me le-
vai & fus vers Sinoüis que j'eus
beaucoup de peine à réveiller.
O Dieu! s'écria-t'il, où fuis-je?
Lamekis, eft-ce-vous? Vous me
l'aviez bien prédit que je parta-
gerois vos infortunes : je n'en
puis plus, le feu par lequel j'ai
paffé me dévore: au nom de ce
qui vous eft de plus cher, ne me
touchez pas, vous me verriez
tomber en cendres. Par quel miracle êtes-vous échappé de la
fournaife ardente? Pour moi je

n'exiſte plus. Que voulez-vous
dire, repris-je, étonné d'une pareille aliénation d'eſprit ? C'eſt
exiſter que de dire qu'on n'exiſte
plus. Vous êtes toujours le même, ô Sinoüis ! je ſuis auſſi ſurpris que vous des merveilles qui
s'opérent depuis quelque tems ;
& je le ſuis au point, que cent
fois je me perſuade qu'une longue lérargie s'eſt emparée de
tous mes ſens. Mais quoi qu'il
en ſoit, invoquons, ſoit que
nous dormions, ou que nous
veillions, le grand Vilkonhis,
ſa ſageſſe eſt toujours profonde,
ſes deſſeins juſtes, & ſa provi-
dence impénétrable ; ſoumet-
tons-nous à ſes decrets, cet Etre
ſuprême ne nous abandonnera
jamais, un jour terminera toutes
nos peines. Après ce diſcours
je voulus prendre la main de
Sinoüis, & l'obliger à ſe lever;

mais toujours préoccupé que
semblable à un tison consumé il
seroit réduit en cendres dès qu'il
se remueroit, il me supplia avec
larmes de ne point le toucher. Je
lui fis connoître avec tant d'é-
nergie que les vapeurs d'un songe occasionnoient la fausseté de
ce préjugé, qu'il se rendit enfin,
après avoir éprouvé par expérience que je lui disois vrai.

Nous fûmes quelque tems in-
certains de la route que nous
devions tenir; mais ayant entrevû de loin une habitation, nous
résolûmes de faire nos efforts
pour y arriver.

Lorsque nous commençâmes
à marcher, nous fûmes surpris
d'aller toujours en descendant,
quoique le terrain nous semblât
très-uni. Pour moi qui avois pris
mon parti sur l'extraordinaire,
& qui m'étois fait un principe

de me livrer entierement à la
destinée, je ne fus point surpris
de ce nouveau prodige; les besoins seuls de la nature m'occupoient alors entierement, & Sinoüis & moi nous doublions le
pas pour arriver à l'habitation
qui se distinguoit peu à peu. Les
maisons nous semblerent noires
& leur forme en pain de sucre
renversé.

Il faisoit alors un jour serain
& brillant; mais tout à coup une
obscurité sombre & noire succéda ; ce phénoméne effraya
Sinoüis. O! Ciel, s'écria-t-il,
que veut dire ce changement,
dans quelle contrée affreuse
sommes-nous ? Ces mots furent
interrompus par un grand cri
qu'il jetta. Je lui en demandai
avec précipitation la cause. Lamekis, Lamekis, reprit-il d'un
son de voix entrecoupé de

frayeur, une bête, un monstre,
un je ne ſçai quoi, s'eſt perché
ſur l'une de mes épaules, je ne
puis m'en défaire, je ſens comme une bouche collée à mon
oreille. Bon, repris-je en ne
pouvant m'empêcher de rire,
voici un effroi ſemblable à celui de tomber en cendres : Non,
non, pourſuivit-il vivement, ce
que je vous dis eſt trop vrai ; au
nom de Vilkonhis, ne me quit-
tez pas, je crains que l'obſcurité
ne nous ſépare, & je n'ai de con-
ſolation qu'en vous ; tâchez de
me débarraſſer de l'animal qui
m'incommode. Sinoüis me prit
la main, & la porta alors ſur ſon
épaule : l'effroi, lui dis-je, vous
tourne l'eſprit, je ne ſens rien.
Je deviens donc fou, s'écria-t'il
avec fureur, tout eſt-il donc fait
pour me deſeſperer ?

Sur ces entrefaites le jour pa-

rut subitement , nos yeux se
porterent naturellement vers le
Ciel , où nous vîmes trois Soleils qui formoient un triangle
parfait , & qui éclairoient également ; une Etoile plus brillante
que le diamant le plus parfait,
en faisoit le milieu. Ce phénoméne extraordinaire me surprit
si fort , que j'en oubliai la faim
qui me dévoroit. Le reste du
Ciel étoit d'un rouge ponceau,
& l'horison au lieu d'être rond
me parut quarré.

Mon admiration fut interrompue par un nouveau cri que fit
Sinoüis. Eh bien ! Lamekis, me
dit-il en se reculant de deux pas,
tournez la tête & voyez si je
m'étois trompé. Encore repris-
je , que voulez-vous donc dire ?
Ah ! Ciel, continua-t-il avec impatience , vous ne voyez pas ce
Monstre dont je m'étois plains,

qui est passé sur votre épaule ?
Je ne sens, ni je ne vois rien,
poursuivis-je : vous avez donc
les yeux fascinés, ajouta Sinoüis:
non, répartis-je ; & pour vous
en donner une preuve, c'est que
l'animal que vous prétendez qui
est sur moi, est sûrement sur votre épaule ; mais que cela ne
vous effraye pas, dès qu'il ne
fait point de mal, pourquoi
vous en tourmenter ? Nous sommes dans un climat de prodiges, il faut laisser aller les choses selon leur cours.

Après avoir fait encore environ deux karies en nous entre-
tenant de cette maniere, sur un
terrain qui plioit sous nos pieds,
nous nous trouvâmes près de
l'habitation en pain de sucre ;
nous avançâmes vers une barriere gardée par deux Sylphes,
dont les fronts ressembloient à

une glace de miroir. Je ne fus pas peu surpris en y jettant les yeux de voir sur mon épaule un animal semblable à celui qu'avoit Sinoüis. Malgré ma fermeté je tressaillis lorsque je sentis approcher de mon oreille une bouche froide qui s'y colla, & qui me dit dans ma Langue; Lamekis, garde-toi de passer par cette barriere, c'est ici la retraite des Intelligences malheureuses; tourne à ta gauche, tu verras de loin le Palais du divin *Scealgalis* ; presse-toi d'y arriver, & n'écoute ni tes besoins ni tes désirs.

Pendant que l'Esprit proferoit ce discours, j'avois les yeux fixement attachés sur Sinoüis, qui sembloit attentif à l'inspiration d'un petit Monstre noir dont je démêlai pour lors la couleur ; je ne me trompai pas,

il lui parloit ; mais il lui tenoit
des discours bien differens. Lamekis, me dit Sinoüis, avec un
air persuasif, entrons dans cette
habitation, dès que nous aurons
passé la barriere tous les prodiges cesseront ; là nous trouve-
rons abondamment de quoi
donner aux besoins de la nature;
l'Esprit m'assure que nous y se-
rons reçus avec complaisance,
que nous nous y reposerons de
nos travaux, & que nous y joui-
rons enfin d'un avenir charmant
& tranquile.

Vilkonhis nous en préserve,
ô Sinoüis, interrompis-je, il
faut passer outre, cet avenir est
malheureux, il vaut mieux encore essuyer quelques traverses
que de risquer sous un espoir fri-
vole le sort heureux qui nous
attend. Sinoüis voulut combattre encore ma résolution; la faim

qui le dévoroit & à laquelle j'étois auſſi en proye, lui donnoît une éloquence ſi perſuaſive, & qui prouvoit ſi-bien qu'elle nous feroit périr avant que d'arriver, que je fus prêt à ſuccomber à cette preſſante tentation.

L'Intelligence alors me parla une ſeconde fois. Arrête, Lamekis, me dit-elle, ſi tu donnes dans le piége, tu es perdu ; la félicité ne s'acquiert qu'en tyranniſant ſes deſirs. Pendant qu'elle proferoit ces mots, je vis voler de la gauche une foule de ces animaux aîlés, & de la droite un nombre moins conſidérable ; ceux qui ſortirent de l'habitation étoient noirs, & ceux qui vinrent de la gauche étoient blancs.

Les uns & les autres ſe mirent à voler au deſſus de nos têtes, & s'approcherent ſi près de

nous, que nous aurions pû aifément les toucher de la main.
Ce qu'il y avoit de particulier ,
c'eft que les blancs ne fe con-
fondoient pas avec les noirs ,
quoiqu'ils paruffent également
fe confondre au-deffus de nous.

Sinoüis cependant me pref-
foit extrêmement d'entrer dans
l'habitation , & je tenois ferme
à paffer vers la gauche à caufe
du fecond avis. Un murmure
fort doux fe faifoit entendre
pendant notre difpute ; mais je
diftinguai que celui de la voix
des Efprits blancs reffembloit à
celui que forme le rofeau lorfqu'il eft agité par le vent ; & le
fon des noirs à celui de l'en-
rouement d'un muet.

Malgré les inftances que me
fit Sinoüis, je remportai la victoire , & je lui prouvai qu'il
étoit d'une ame noble & géné-

reufe de facrifier nos befoins à
la gloire de paroître devant le
suprême *Scealgalis*, & qu'on ne
pouvoit être grand fans l'avoir
mérité. Ce cher compagnon de
mes dernieres traverfes foufcri-
vit enfin & me fuivit vers la
gauche. A peine eûmes - nous
pris ce parti, que l'efprit noir
qui étoit refté jufqu'alors fur fon
épaule, s'envola, & fut rempla-
cé par un de couleur contraire.

La troupe des blancs fendit
les airs avec des fignes d'alle-
greffe ; & en quittant l'habitation nous vîmes les noirs s'en-
foncer dans le haut des maifons
qui la compofoient. A chaque
fois qu'il en entroit un, une fumée noire & épaiffe en fortoit.

Après que nous nous fûmes
éloignés de cet endroit fatal,
nous entrâmes dans un chemin
qui à mesure que nous mar-

chions, s'affermissoit sous nos
pas, & changeoit de couleur.
Le Ciel paroissoit à perte de vûe,
& les trois Soleils sembloient
nous suivre. Une perspective
magnifique, qui représentoit
dans un lointain le même Palais transparent, à la hauteur duquel nous avions été, paroissoit
de niveau, se distinguoit à mesure que nous avancions, & faisoit face au chemin que nous tenions : à notre main gauche étoit
une prairie dont l'herbe paroissoit bleue émaillée de fleurs,
d'une grandeur au-dessus de cel-
les que j'avois vûes jusqu'alors,
& qui se remuoient avec autant
d'agitation, que s'il eût regné
un vent orageux, quoique l'air
ne fût émû que par un zéphir
agréable, qui le tenoit dans une
douce fraîcheur. La vûe se perdoit de ce côté dans une mer

dont l'enfoncement fembloir attaché à l'horifon ; le terrain fur lequel nous marchions étoit blanc comme de la neige : j'avois porté la main pour en connoître au taĉt la qualité ; mais mes doigts y entroient avec tant de facilité, qu'ils n'en recevoient aucune impreſſion. Nous ne pûmes imaginer autre chofe, finon que c'étoit un nuage immobile, & nous étions dans l'admiration qu'il pût foutenir notre pefanteur.

La droite de notre côté étoit abfolument obfcure , & la nuit tranchoit le jour dans cet endroit , comme fi ce brouillard eût été tiré en ligne direĉte.

Cependant la faim qui nous avoit preſſés Sinoüis & moi, ne nous dévoroit plus ; nous étions dans cet état où l'ame tranquille joue pour ainfi dire avec elle

même , & que satisfaite elle
n'excite ni trouble ni defirs. L'i-
dée du malheur qui ne m'avoit
jamais quitté jufques-là , s'éva-
nouiffoit peu à peu ; & fi l'ombre du paffé fe retraçoit à mon
imagination, ce n'étoit que pour
fervir d'une induction certaine
à l'avenir. Sinoüis interrompit
la douce rêverie dans laquelle
j'étois plongé. O ! Lamekis , s'é-
cria-t'il , que l'état où je fuis différe de celui où je me fuis vû !
Les prodiges nouveaux qui s'of-
frent fans ceffe à ma vûe me
donnent à préfent de l'admiration fans effroi. Ces befoins de
la vie fi inquiétans lorfqu'ils
nous preffent , ne confervent
pas même en moi l'idée de ce
que j'en ai fouffert ; le paffé fe
retrace aifément à mon efprit ;
j'entrevois quelquefois l'avenir,
mais avec une indifference auffi

parfaite que fi je n'y étois compris en rien, & que je me fuffes oublié moi-même. Vous trouvez-vous, ô! Lamekis, dans un équilibre d'efprit auffi divin! Oui, repris-je ; la fituation que vous venez de me dépeindre eft conforme à celle où je fuis ; mais prenez garde d'en confondre les caufes : cette paix intérieure que nous reffentons & qui fait la félicité, eft moins l'effet du climat merveilleux où nous fommes, que le fruit du choix heureux que nous avons fait ; fi nous nous fuffions abandonnés aux confeils finiftres des Efprits noirs de l'habitation, nôtre ame feroit noyée peut-être à préfent dans l'amertume & dans les larmes. Image de ce qui fe paffe tous les jours dans nous-mêmes, où nous rencontrons deux volontez diftinctes, lefquelles nous por-

tent chacune à part, tantôt au
bien, tantôt au mal; l'ame feule décide, détermine, & c'eſt le
choix de l'un ou de l'autre qui
la rend fortunée ou malheureu-
ſe. J'allois paſſer à d'autres ré-
flexions, lorſque le chemin ſur
lequel nous marchions ſe trouva tout d'un coup interrompu,
& nous préſenta un précipice.
Nous vîmes avec étonnement
que nous étions dans une région
ſupérieure à la Terre, aiſée à diſ-
tinguer de l'endroit où nous
étions. La Lune n'étoit pas éloignée de nous, & paroiſſoit à la
même hauteur; ſon éclat mat
ſembloit réfléchi de rayons é-
trangers; la nuit qui tranchoit
la droite paroiſſoit attaché à la
Terre, elle n'étoit interrompue
de notre côté que par les rayons
du phare lumineux du Monde.
Ce que nous avions pris pour

trois Soleils étoient trois Etoiles, trompés à cause de la proximité d'où nous les voyons. Le Palais brillant & transparent nous parut en l'air & soutenu de rien, & à une distance peu éloignée du globe de la Lune que nous voyons tourner distinctement comme une grande roue sur son axe.

Nos yeux s'étant portés vers la droite, nous vîmes un nombre infini d'Esprits blancs & noirs, qui descendoient & remontoient perpetuellement vers la Terre, & qui formoient une nuée dont la lumiere fut obscurcie. Nous fûmes obligés de rétrograder sur nos pas; le nuage qui nous portoit se dissipoit devant nous, & s'écrouloit peu à peu. O! Vilkonbis, m'écriai-je, fais-nous part de tes celestes lumieres: devons-nous attendre

attendre ici des ordres supé-
rieurs, ou retourner d'où nous
venons? L'Esprit me dit alors de
ne rien craindre, & d'attendre
avec tranquilité les évenemens.
Sinoüis & moi nous nous assî-
mes sur le chemin sans être agi-
tés d'aucune crainte, considérant
avec un silence profond les objets divers qui se présentoient de
moment en moment à nos yeux.

Nous en faisions l'analyse a-
vec la secrete satisfaction que
l'on ressent quand l'ame se dila-
te dans ce qu'il y a de merveilleux ; lorsqu'un vent impétueux
s'éleva & dissipa une nuée d'Esprits aëriens qui croissoient sur
notre tête, ce qui commençoit à
nous donner une juste inquiétu-
de. Bien-tôt nous vîmes fendre
les airs à deux corps que l'éloi-
gnement empêchoit de distin-
guer, & qui sembloient venir à

II. Part.   D

nous. Un moment après ils se firent connoître pour ceux qui nous avoient enlevé du vaisseau; leurs yeux brilloient comme des Etoiles, & leurs traces laissoient dans les Cieux un large sillon qui ne se dissipa que fort long-tems après; cette voye paroissoit argentée, & nous parut celle qui conduisoit au Palais transparent. Dès que les Sylphes furent un peu plus à la portée de notre vûe, ils ne nous parurent plus voler, mais marcher sur un terrain uni, qui sembloit rejoint au nôtre. Nous nous levâmes lorsqu'ils approcherent de nous: Lamekis, me dit celui qui m'avoit déja parlé plusieurs fois, le tems des merveilles approche; la félicité doit récompenser ta vertu; mais qu'elle est peu de chose dans l'humanité! Ce Palais que tu vois est celui du su-

prême *Scealgalis*, ton ame qui
bégaye parlera bien-tôt ; dépouillé de la peau charnelle qui
offufque le rayon célefte, tu
jouiras des myfterieux plaifirs,
mais achetés par une derniere
condition effroyable pour les
mortels, dont le récit feul eft
capable de glacer d'horreur le
Philofophe le plus déterminé,
& que nul jufqu'ici n'a ofé
remplir ; preuve fatale de la foibleffe des humains, qui préfe-
rent un lâche amour pour eux-
mêmes à l'immenfité de la ré-
compenfe.

A la porte du Palais, continua
le Sylphe, eft un lieu matériel,
privilegié pour la grande épreuve. Dès que tu y feras entré, tout
ce qui t'a paru jufqu'ici répu-
gner à tes préjugez s'évanouira,
les fonctions humaines inter-
rompues depuis le rems que tu

D ij

es dans nos Regions, vont re-
prendre leur cours, les alimens
y font permis, & s'y prennent
avec une fomptueufe délica-
teffe ; tu y feras fervi comme
fur la Terre , & tu feras fufceptible de toutes les fantaifies des
hommes. Si ta Philofophie te
foutient, & que tu puiffes réfifter
à tous les défirs aufquels tu vas
être en proye, tu feras jugé digne d'être initié aux myfteres de
l'Ifle divine des Sylphides; tren-
te jours de combat contre toi-
même fuffiront pour te mettre
en état, & pour te préparer au
dépouillement de la matérialité.
Cette grande opération fe fait
de cette maniere : quatre demi
Sylphes, comme mon camara-
de & moi, feront commis pour
t'écorcher tout vif, & tu reffen-
tiras dans ce moment toute la
douleur dont la nature peut être

ſuſceptible ; ta peau ſera enlevée
entierement de ton corps , &
portée dans le magazin ſondé
exprès par l'admirable & téme-
raire *Dehaal* , (a) Philoſophe d'u-

(a) *Dehaal* , Philoſophe Phénicien,
perſuadé que la moyenne région étoit habitée par des Eſprits aëriens , fit tant de
tentatives pour y monter, qu'il y réuſſit ;
par le moien d'un grand nombre de veſſies
remplies de roſée, qui l'enleverent un jour
d'équinoxe au méridien du Soleil. Il eſt
le premier qui ait pénetré dans cette région , ſa vertu ayant trouvé grace devant *Scealgalis*, qui vouloit qu'il fût précipité ſur la terre ; il demanda lui-même
à être dépouillé de l'humanité , ce qui
lui fut accordé , avec un lieu matériel à
l'extrémité de l'Iſle. Un arbre ayant été
porté par un grand vent dans l'Iſle des
Sylphes , il obtint encore qu'il y ſeroit
conſervé , pour aſſeoir les vaiſſeaux que
les colomnes d'eau enleveroient dans les
nuées ; & il le plaça à un tel point, que la
mer depuis ce tems n'a jamais été pom-
pée de cette région , que les vaiſſeaux
ſoulevés n'ayent coulé ſur cet arbre extraordinaire. Un François qui eſt revenu
de uis peu de l'Iſle des Sylphes , aſſure
que l'arbre a été ſupprimé.

ne si grande constance, & si
rempli du desir d'être au nombre des habitans de cette Isle,
qu'il a mérité par sa fermeté, non
seulement d'être admis parmi
nous, mais encore de conserver
dans cet Empire le droit de l'o-
pacité, qui n'a jamais été accordé qu'à lui seul ; l'arbre sur lequel ton vaisseau s'est reposé est
moins un monument de sa va-
nité, qu'un témoignage de son
amour & de sa charité pour ses
semblables ; toutes les merveilles que ce grand homme a opé-
rées viendront un jour à ta connoissance, il faut des oreilles
pures pour les entendre, il ne
m'est pas permis de t'en dire à
présent davantage ; mais pour
ne point te laisser de doute sur
le parti que tu as à prendre, je
puis ajouter que si par une lâche
répugnance & un fol amour

de toi-même , tu refuses les biens qui te font préparés, tu feras précipité fur la terre dont tu fors , tu y ramperas comme un reptile , & en changeant de corps tu conferveras toutes tes idées qui te ferviront d'un fupplice perpetuel , & qui te feront regretter , mais trop tard, d'avoir préferé une lâche fenfualité à de mâles douleurs, dont le bonheur & l'immortalité étoient le prix.

Après que le Sylphe eût proferé ces paroles, il battit des ailes , & reprit avec celui qui l'avoit accompagné le chemin par lequel il étoit venu ; fon difcours m'avoit rendu penfif, Sinoüis en paroiffoit effrayé, nous fûmes l'un & l'autre un longtems enfeveli dans nos propres idées. Lamekis s'écria, le trifte compagnon de mes fortunes , font-ce donc là les biens qui nous avoient été promis ? Qu'allons-nous devenir ? qu'allons-nous faire ? à quel parti se vouer ? Rien de plus certain, repris-je, que de nous abandonner à notre fort, de subir les decrets éternels, & de tenter l'épreuve proposée : Quel est le cours de la vie en comparaison de l'immensité ? ne doit-on pas tout sacrifier à l'espérance d'être heureux éternellement : qu'importe que nous soyons dépouillés du terreftre ? N'est-il pas plus onéreux qu'agréable ? & s'il est vrai, comme l'Esprit l'assure, que des biens éternels couronneront nos douleurs, devons-nous héfiter de souffrir quelque tems pour les mériter ? (a) O ! Clemilis, m'écriai-je, avec transport, j'affronterois les périls, les maux, les

(a) Egyptienne, femme de Lamekis.

souffrances

souffrances les plus cruelles ,
dans la vue de vous revoir, ce
bonheur annoncé , c'est vous
sans doute & j'y cours: Sinoüis à
ce discours me suivit dans la
voye nouvelle que l'Esprit nous
avoit préparé , j'y entrai avec
joye ; bien-tôt un corps de lo-
gis s'offrit à nos yeux ; il paroif-
soit de marbre & d'une grandeur immense , une grande a-
venue plantée de beaux arbres
chargés de fruits dont l'odorat
& la vûe flattoient délicieuse-
ment les sens , précedoit l'entrée de ce beau Palais : à peine
fîmes-nous dans cet agréable
chemin que nous nous sentîmes
émus du désir de manger de ces
beaux fruits. L'avis seul du Sylphe nous retint , & nous prîmes
sur nous malgré la faim qui
nous avoit repris , de contenir
nos désirs , & nous arrivâmes

II. Part.   E

dans la cour du Palais, avec la satisfaction secrette d'avoir remporté cette premiere victoire, une grille d'un métail précieux & transparent en faisoit l'enceinte, un nombre de gens vêtus & faits comme nous, se promenoient dans cette cour, nous crûmes même reconnoître nos compagnons de voyages, nous en ressentîmes une joye secrette, persuadés que les mêmes fortunes nous avoient réunis dans ce lieu, nous avançâmes vers eux, pour mieux nous en assurer ; mais nous avions beau marcher, la même distance d'eux à nous se conservoit toujours : nous étant apperçus de ce prodige nous nous arrêtâmes : sans doute, s'écria Sinoüis, qu'un charme secret est attaché à nos pas, & je commence à croire que nous som-

mes dans le païs de l'illusion.
Je me préparois à répondre,
lorsqu'un jeune homme d'une
figure agréable vint à nous &
nous invita d'entrer dans le Palais, il marcha devant & nous
le suivîmes avec plaisir ; sa phisionomie étoit douce, & sa con-
versation persuasive & insinuan-
te : peut-on sçavoir, Seigneur,
lui dis-je, si vous êtes étranger ?
L'espece dont vous êtes, & qui
differe si fort de celle des habitans de ce climat, me le fait
soupçonner : *Debaal* est mon
nom, reprit ce jeune homme,
mon païs la Phénicie, ma Phi-
losophie l'immortalité, ma dé-
meure l'Univers, ma façon de
penser de porter mes semblables à se rendre dignes de la félicité dont je jouis. Seigneur,
repartis-je, *Debaal* ayant cessé
de parler, que nous sommes

heureux de vous avoir rencontré ! vous nous avez été déja
annoncé, nous vous respectons
& nous mettons entierement
notre confiance en vous ; dai-
gnez nous instruire & nous gui-
der : je ne puis que faire des
vœux pour que vous perseve-
riez, interrompit *Dehaal*, je vous
quitte au vestibule qui s'offre à
vos yeux, mes prérogatives ces-
sent dans cet endroit ; mon seul
pouvoir c'est de vous introdui-
re & d'en arracher ceux qui par
leur conduite se sont rendus in-
dignes d'y rester ; il dit, nous
montra du doigt ce vestibule
qui distribuoit à quatre grands
appartemens, nous fit signe
d'entrer à droite, nous nous re-
tournâmes pour le remercier,
mais il étoit disparu.

Nous nous regardâmes é-
bloüis & moi dans la surprise

où nous étions de ce qui venoit
de se passer & dans le doute où
nous nous trouvâmes de prendre le chemin qui venoit de
nous être indiqué dans la crainte qu'on ne nous eût tendu un
piége, & que le jeune homme
ne fût aposté pour nous enga-
ger mal à propos. Cependant sa
phisionomie avoit fait une telle
impression dans mon esprit &
ses discours m'avoient inspiré
une telle confiance que j'entrai
suivi de Sinoüis. Ce lieu étoit
meublé superbement ; les jours
d'un côté donnoient sur la grande cour dont j'ai parlé, & de
l'autre sur un jardin superbe
que la vûe ne pouvoit termi-
ner, un bas relief de métaux
& de pierres rapportées com-
posoit un corps d'histoires qui
devoit être très-curieux ; il ser-
voit de meubles à cet appartement. E iij

Après que nous l'eûmes tra
versé nous nous trouvâmes dans
une gallerie superbe, dont la
voute étoit d'une hauteur extraordinaire, & qui recevoit
ses jours du jardin ; des métaux
plus polis que les glaces les plus
fines, servoient de plarfond, &
le vitrage de grandes croisées
ceintrées étoit de pierreries rapportées avec beaucoup d'art,
au travers desquelles le jour
passant en formoit un le plus
singulier & le plus admirable.
L'entre-deux des croisées, des
portes, & tout ce qui n'étoit
pas percé, étoit peint de ca-
mayeux d'or de plusieurs sortes
de couleurs ; nous comptâmes
cinquante portes à cette gallerie qui faisoient faces à autant
de croisées, & qui distribuoient
en autant d'appartemens ; un silence profond regnoit dans ce

lieu vaste, & nous saisissoit de
respect & d'horreur.

Au milieu de cette gallerie
se voyoit un Autel soutenu de
quatre colomnes torses, d'un
ordre nouveau & d'un métail
inconnu qui nous sembla précieux. Le simulachre d'une pierre ressemblante au diamant,
représentoit une grande figure
semblable aux Esprits qui nous
avoient enlevés du vaisseau ;
elle étoit si parfaitement moulée
que plus on l'examinoit, & plus
elle avoit de rapport à la nature.

L'esperance que nous con-
servions de trouver enfin quelqu'un qui terminât l'incertitude
où nous étions de notre sort
errant, nous fit traverser la gallerie & passer dans un autre
appartement ; la même solitu-
de y regnoit encore, nous en

E iiij

fortîmes auſſi-tôt ; un autre ſe
préſenta à nos yeux : c'étoit
toujours le même ſilence & la
même incertitude.

Nous errâmes de cette ma-
niere d'appartemens en appartemens pendant un tems conſi-
derable ; ne voïar aucune fin à
cette ſolitude, nous reſolûmes
de regagner ſi nous pouvions le
veſtibule , & de joindre de là
ceux que nous avions vûs ſe
promener dans la cour ; dans
ce deſſein nous doublâmes le
pas , & nous arpentâmes de
nouveau ce vaſte labyrinthe,
mais il nous fut impoſſible de
retrouver le veſtibule ; à peine
étions-nous ſortis d'un appartement, que nous nous retrou-
vions dans un autre, & ſans la
nuit qui nous ſurprit & qui nous
arrêta , il y a lieu de croire que
nous aurions fait encore bien
des pas inutiles.

Cependant une faim preſſante nous dévoroit ; quel parti
prendre dans l'état violent où
nous nous trouvions ? la fatigue
d'avoir tant marché nous accabloit, & la nuit obſcure qu'il
faiſoit, achevoit de nous décou-
rager ; nous cherchâmes à tâ-
tons un lieu où nous puſſions
nous repoſer en attendant le
retour de la lumiere ; un ſopha
ou quelque choſe qui nous parut tel ſe rencontra heureuſe-
ment ſous notre main, il nous
fut ſecourable dans cette occa-
ſion, & nous nous en ſervîmes
pour nous délaſſer quelques
inſtans de nos travaux.

Nous fûmes quelque tems,
Sinoüis & moi ſans nous parler ;
ce cher ami ſe laiſſoit aller à ſa
douleur ; j'en jugeai par les ſou-
pirs profonds qu'il étouffoit vai-
nement ; quelque étonné que je

fuſſe moi-même de l'état nouveau qui m'accabloit, j'hazardai de le conſoler, & je me ſer-
vis pour y réuſſir de toutes les
idées qui me vinrent à l'eſprit;
mais ſoit qu'il fût moins ferme
que moi ou moins accoutumé
aux rigueurs de la deſtinée, mes
diſcours ne firent pas l'effet que
j'en devois attendre, & ne trou-
verent aucune foi dans ſon
ame troublée, au contraire ſon
cœur preſſé de nouveau exha-
loit ſon amertume par des ſan-
glots réïterés; ma tendre amitié
pour lui ſouffrit de ſon déſeſ-
poir: ne ſçachant plus qu'imaginer pour le calmer, je tentai
de le diſtraire en lui contant la
ſuite de mes avantures dans
l'eſpérance de lui faire connoître combien le paralelle qu'il
faiſoit de ſes ſouffrances avec
les miennes étoit injuſte; je

prévins Sinoüis fur cette voye
de confolation qui nous feroit
attendre le jour avec moins
d'impatience , il la faifit avec
empreſſement , & fut le premier à me faire reſſouvenir de
l'endroit où j'avois été interrompu : mais ô Vilkonhis , avois-
je befoin qu'on me le rappellât ?
De pareils incidens fortent-ils
jamais de la mémoire , & fur
tout lorfque l'amour les a gra-
vés dans nos cœurs ?

Continuation de l'Hiſtoire de Lamekis.

Ce qui me reſte , ô Sinoüis ,
lui dis-je , à vous rapporter de
mes avantures , vous fera connoître à combien de traverſes
un mortel eſt fujet : vous m'a-
vez vû naître dans des catacom-
bes, à la veille de périr fur la mer

par l'inhumanité & la fureur d'une Reine amoureuse & jalousé enlevé des bras d'un père & d'une mere dans un âge où la raison commençoit à m'éclairer affez pour connoître mes malheurs, mais qui étoit trop peu avancé pour les fupporter; vous m'avez vû enfin paffer chez un étranger dont la Religion & les mœurs differoient extrémement de mes préjugez. Quelque extraordinaire que foit ce commencement de mon hiftoire, la fuite en eft encore plus furprenante; il vous fera facile d'en juger lorfque je reviendrai à ce qui me regarde : pour le préfent, je vais continuer les avantures de Motacoa, où je me fouviens que j'en étois refté.

Vous n'aurez pas de peine à vous rappeller que c'eft l'homme bleu chez lequel j'avois été

élevé, qui ayant pris pour moi
une singuliere affection, me
contoit les avantures dans le
dessein. . . . . . Ne vous donnez
point la peine, interrompit Sinoüis de me faire ressouvenir
de ces choses, malgré tous les
prodiges qui sont arrivés qui
semblent devoir confondre les
idées, je n'ai pas perdu un mot
de cette histoire : vous en étiez
à l'endroit où Motacoa reconnut Falbao, cet animal admirable attaché au pied d'un trône,
où brilloit une Princesse d'une
beauté parfaite : des évenemens
aussi singuliers peuvent-ils s'ou-
blier aisément? Ces preuves de
la mémoire de Sinoüis, me firent connoître l'attention qu'il
me prêtoit, & j'esperai que
ce que j'avois à lui dire dis-
trairoit les noires idées que
son état présent occasionnoit.

Je repris ainsi le fil de l'histoire.

Si la vûe de Falbao, me surprit, continua Motacoa, je le fus bien davantage, lorsque je m'entendis appeller du trône par mon nom; je m'en approchai avec un respect composé d'admiration : mais quelle fut ma surprise, en voyant la Princesse de plus près, de la reconnoître pour cette jeune personne qui s'étoit apparue dans le songe que j'avois fait près de la source divine, & qu'un monstre avoit soustrait à mes regards, lorsque j'avois voulu venger le coup perfide qui avoit séparé la main de son bras; cette vision me frappa si fort que je ne pus répondre alors à l'ordre qu'elle me donna d'avancer vers elle, & de lui apprendre par quel miracle j'avois pû pénétrer dans le monde (a) *Trisolday*. Revenu de ma première surprise, je m'inclinai profondément, & je m'avançai dans cette posture au pied du Trône pour obéir à cette Princesse charmante, mais à peine eus-je levé les yeux vers elle, que l'étonnement qu'elle marqua à ma vûe fut suivi d'un évanouiffement.

A cet évenement imprévû un bruit fourd fucceda : Les rangs de Femmes - vers fe confondirent avec un bourdonnement épouventable ; quatre monftres de cette efpéce fortirent des quatre côtez du Thrône le (b) *zenghuis* à la main, & vinrent à moi pour m'en frapper. Dans l'effroi que me caufa cette apparition, je fis un faut & je me

(a) Monde intérieur.
(b) Poignard.

lançai vers Falbao ; cet animal
guidé par la délicateſſe de ſon
inſtinct, fit un effort ſi furieux
pour me ſecourir, qu'il rompit
ſa chaîne. Les monſtres effrayés
à cette vûe échapperent à ſa fureur, en faiſant un bond qui
les enleva ſur le ſommet du
Thrône ; les femmes de la garde de la Princeſſe s'enfuirent
par la porte, après s'être ſaiſies
de la Princeſſe qu'elles enleverent & me laiſſerent ſeul dans
la gallerie avec Falbao.

Quelque ſurpris que je fuſſe
de ce qui venoit de ſe paſſer,
le premier uſage que je fis de
mes ſens, fut de flatter mon
aimable chien ; cet animal reçut mes careſſes, ou pour mieux
dire les marques de ma recon-
noiſſance, avec une joye qui ſe
manifeſtoit à ſa façon, par tous
les mouvemens propres à ſon
inſtinct,

inftinct ; quelque embarraffé
que je me trouvaffe, fa préfence
dont je connoiffois la folidité,
me raffura contre tous les évenemens par les preuves nouvelles que j'avois de la crainte qu'il
infpiroit à ces Peuples furprenans ; quelquefois mon efprit fe
perdoit pour trouver la caufe de
ces prodiges: mon imagination
avoit beau fe fatiguer, elle ne
trouvoit aucune raifon qui fût
valable, un certain fentiment
qui s'étoit emparé de moi à la
vûe de la Princeffe , & que la
crainte avoit affoibli, reprit fon
empire. Dès que je fus délivré
du péril qui me menaçoit, je me
reprochai d'avoir fouffert qu'elle me fût enlevée, & je refolus
à quelque prix que ce fût de la
retrouver. Dans ce deffein je
fortis de la gallerie par une porte dont l'ouverture étoit ronde,

mais bien-tôt une nuit obscure
m'égara dans un labyrinthe de
détours ; le chemin étoit si dif-
ficile que sans Falbao qui marchoit à mon côté , & sur lequel
je m'appuyois , je me serois
laissé tomber plusieurs fois.

Il y avoit déja long-tems que
j'errois de cette façon sans trouver aucune issue à ce long corri-
dor , lorsqu'une lueur me fit dis-
tinguer le lieu où j'étois ; c'étoit
une voute lambrissée avec art ,
de tout ce que la terre a de plus
précieux; ce qui paroissoit de remarquable , c'est que ces differentes productions de ce monde
interieur étoient placées de façon qu'elles formoient des espe-
ces de bas reliefs , qui represen-
toient des hommes & des femmes, dont les attitudes differentes sembloient former un corps
d'histoire. A mesure que j'avan-

çois , les rayons de plusieurs
flambeaux de bois combustible
placés de distances en distances , m'éclairoient de plus en
plus & ranimoient ma fermeté.
Après avoir fait encore deux cens
pas, cette gallerie voutée abou-
tit sur les bords d'un canal fort
large, dont l'eau étoit de vif ar-
gent , & qui étoit agitée avec
autant de violence que la mer,
lorsqu'elle est battue de la tem-
pête ; un ruisseau de souffre al-
lumé que je vis à ma droite ,
m'ôta une partie de la surprise
que j'avois de ce phénoméne ,
parce que je jugeai, que ce feu
voisin devoit occasionner l'oura-
gant du canal : je rétrogradai
sur mes pas, me sentant le cœur
affoibli par une odeur qu'il
étoit impossible de supporter ;
Falbao m'en avoit donné l'e-
xemple en tournant sur la gau-

che, vers une porte que je n'a;
vois point obſervée;elle ouvroit
à un appartement éclairé des
mêmes flambeaux dont j'ai parlé, qui flattoient ſi agréablement
l'odorat , que mes ſens affadis
en furent ranimés. Nous nous
arrêtâmes dans ui.e grande ſalle
au milieu de laquelle étoit un
Mauſolée de pierres de differentes couleurs , qui repréſen-
toit un homme ordinaire ; quatre habitans de cette terre intérieure ſouteenoient ce monument
& avoient des attitudes conve-
nables à l'effort qu'ils ſembloient
faire & à la triſteſſe du lieu.

J'étois dans l'admiration que
me cauſoit la vûe de ce tombeau , qui me donnoit lieu de
penſer que ce monde avoit
deux eſpéces d'hommes , lorſque j'entendis une voix qui
articuloit des mots de ma lan-

gue, & qui sembloit sortir d'un
appartement voisin ; le son de
cette voix qui m'émut jusques
au fond cœur, me fit approcher
avec précipitation vers une
porte entr'ouverte, où ayant
prêté l'oreille, j'entendis profé-
rer ces mots : » Non, barbare, je
» ne serai jamais à toi, tes per-
» sécutions sont vaines, j'aime
» mieux descendre dans la nuit
» du tombeau, que de m'unir
» à un monstre tel que toi ; re-
» prens un empire où je ne veux
» point regner, & rends-moi au
» mien & à ma chere patrie ;
» n'es-tu pas satisfait que ta ja-
» lousie ait privé mon pere du
» jour, sans vouloir me forcer
» à me lier à son assassin ? En-
» vain tu me fais un crime de
» l'arrivée de ces étrangers à
» Trifolday ; jamais je ne les
» ai connus, & ce n'est point

» moi qu'ils y font venus cher-
» cher ; ta jaloufie t'aveugle au
» point que tu ne fais pas atten-
» tion qu'ils font d'une autre ef-
» péce que la mienne. Je fuis
» tombée en foibleffe, dis-tu, à la
» vûe de l'un de ces étrangers,
» c'eft un amant : l'empreffe-
» ment que j'ai eu de le voir,
» prouve, pourfuis-tu, cette véri-
» té : cet animal extraordinaire,
» bazilic affreux pour ta nation,
» fe trouve dans ton Royaume
» par mes ordres & par les in-
» telligences que j'ai confervées
» avec un Rival qui confpire ta
» perte : tu fçais les moyens, dis-
» tu, de te venger ; ils font prêts
» à périr, & fi je ne foufcris pas
» à tes défirs, la mort me punira
» de ma noirceur & de mon
» obftination : va, remplis tes
» deffeins, Barbare : mon inno-
» cence me répond de ma fé-

» licité ; mais crains les Dieux
» vengeurs , ils ne laissent rien
» d'impuni , tôt ou tard le Ciel
» me vengera de toutes tes
» cruautez.

La voix s'arrêta alors & la
personne qui venoit de parler
se mit à soupirer amérement ;
je ne crus pas douter que ce ne
fût la Princesse que je cher-
chois : ces plaintes avoient trop
de relation avec ce qui m'étoit
connu ; le seul embarras où je
me trouvois procedoit du droit
& de la qualité du Barbare dont
il étoit fait mention , qui devoit
sans doute commander dans
ces lieux.

Je m'abandonnois à ces ré-
flexions sans sçavoir à quoi me
déterminer , lorsqu'un cri per-
çant , qui de la part dont il é-
toit jetté m'interessa jusques au
fond du cœur , me fit pousser

témerairement la porte : Quel
spectacle touchant m'attendrit
& me frappa ! Ma Princesse é-
tendue sur un lit de mousse d'u-
ne structure singuliere , étoit à
la veille de recevoir le trépas
d'un Homme - ver , qui avoit
le zenghuis levé sur son sein ;
il sembloit en le retenant
suspendu en l'air , prendre
le plaisir cruel de faire ressentir
à cette belle personne toutes
les horreurs du trépas. A mon
abord imprévu il voulut frapper;
Arrête ! monstre horrible , m'é-
criai-je, en me jettant sur lui,
sans craindre son énorme grandeur , il faut que je périsse avant
que tu consommes ton action
barbare ; la violence avec laquelle je m'étois abandonné sur
cet homme & à laquelle il n'a-
voit pas eu lieu de s'attendre , ou
peut-être l'agitation que lui cau-
soit

soit le crime qu'il alloit commettre , lui fit tomber le zenghuis de la main , mais se débar-
rassant de moi d'une main puis-
sante , il m'alloit étouffer entre
ses bras ; déja la respiration me
manquoit , lorsque Falbao qui
s'étoit retenu jusques-là , s'élan-
ça vers le monstre qui ne s'attendant point à ce secours fut si effrayé de cette nouvelle apparition , qu'il me laissa tomber
d'effroi , & voulut faire un bond
pour se sauver · mais il étoit
trop tard , l'adroit Falbao lui
avoit déja sauté au col , & d'un
regard , & d'un coup de langue
il abattit cette masse énorme
qui tomba sans mouvement &
sans vie à nos pieds.

La surprise de la Princesse
fut extrême à cet évenement
imprévû , & lui donna une
crainte inexprimable de mon

admirable chien : Ciel ! je suis
perdue , s'écria-t'elle , préser-
vez-moi ô généreux étranger
de ce monstre redoutable ; je
ne partage point les crimes de
Za-ra-ouf. ... Raffurez-vous, aimable Princeffe , repris-je en
appuyant la main fur la tête de
Falbao , dont les yeux étoient
attachés fur les miens , & qui
fembloit attendre mes ordres ;
ce fidele animal n'en veut qu'à
vos perfécuteurs , en avez-vous
encore ? Montrez-les-moi, vous
les verrez bien-tôt exterminez ;
ce qui vient de fe paffer n'eft
pas la feule expérience que j'ai
de la bravoure & de l'afcendant
de mon fidele chien fur les peuples extraordinaires de cette
contrée intérieure. La Princeffe dont les regards craignoient
ceux de Falbao , raffurée par ce
difcours, fe mit à le confiderer

peu à peu : Seigneur que ne vous dois-je point, me dit-elle? fans vous je ne ferois plus : quelble marque pourrai-je jamais vous donner de ma reconnoiffance ? Celle, repris-je, d'affurer des jours qui me font auffi chers que les vôtres, & de permettre, ô Princeffe, que je fois éternellement votre efclave. Cette aimable perfonne ouvroit la bouche pour me répondre lorfqu'il parut à une porte oppofée à celle par où j'étois entré deux Homme-vers, lefquels à notre vûe, ou pour mieux dire, à celle de Falbao, fe retirerent avec précipitation en faifant des bourdonnemens furieux. La Princeffe que l'apparition de ces monftres avoit fait changer de couleur dans la crainte où elle étoit qu'ils ne vengeaffent fur elle la mort de leur Roy, se remit de son trouble à cette assurance nouvelle de la confiance qu'elle devoit avoir en moi: ô Vilkonhis, s'écria-t'elle .... qu'entens-je, interrompis-je, en fixant mes yeux sur elle, quel nom respectable a frappé mon oreill 'A cette invocation & à votre idiome, j'ai lieu de croire que vous n'êtes pas éloignée des climats où j'ai reçu le jour ; par quel miracle vous trouvez-vous dans un séjour qui doit être inconnu à toute la terre? Helas! poursuivit la Princesse, un criminel artifice, & la rigueur de ma destinée m'y ont conduite, il me seroit aisé de satisfaire en peu de mots votre curiosité, mais je vous avoue que ma situation présente ne me donne pas assez de tranquilité pour vous faire ce récit : a mort du

Roy que votre animal vient d'abatre, ne tardera pas à être suivie des évenemens les plus dangereux, dix mille de ses sujets se préparent peut-être déja à venger ce parricide : comment se préserver de leurs coups ! Je n'imagine pas de moyens pour nous en mettre à l'abri, le plus apparent seroit de fuir, mais par où ? A moins que mieux instruit que moi des routes de ce Labyrinthe, vous n'en connoissiez les issues secrettes. L'embarras de la Princesse augmenta au rapport que je lui fis de mon ignorance à ce sujet. mais prenant bien-tôt mon parti, je l'exhortai à tenter l'avanture, en l'assurant que le grand Vilkonhis qu'elle avoit imploré, touché de la confiance que nous aurions en lui, seroit un guide & un protecteur sous le

quel nous marcherions avec af-
furance. La Princeffe remplie
de fentiments de religion, jetta
les yeux au Ciel, & me fuivit
en s'appuyant fur mon épaule ;
nous fortîmes par la porte, par
laquelle j'étois venu, & nous
entrâmes dans l'appartement du
Maufolée dont j'ai parlé : la
Princeffe fe mit à pleurer amérement en jettant les yeux fur
le tombeau. Voilà, Seigneur,
en me le montrant, me dit-elle,
le comble de l'inhumanité & de
ma douleur ; la mort du Barbare Za-ra-ouf, peut à peine
expier le crime d'avoir tranché
des jours fi précieux. ô ! mon
pere, continua-t'elle en verfant
un torrent de larmes, quelqu'in-
nocente que je fois de ce crime,
je n'en fuis pas moins la fatale
caufe ; ce Héros magnanime,
continua la Princeffe épleurée

en m'adreffant la parolle, eft le
Grand *Lindia - gard*, mon pere
Roy des Amphieleocles, que le
tendre amour qu'il avoit pour
moi a conduit ici dans le deffein de me fouftraire à la tyran-
nie du perfide Za-ra-ouf, par
des moyens fi extraordinaires,
qu'à peine eft-il poffible de les
croire : Je pris la liberté d'in-
terrompre la Princeffe , & de
lui faire remarquer que dans
l'état préfent les momens é-
toient précieux : après avoir bai-
fé refpectueufement un monument fi cher, elle me fuivit en
continuant fes pleurs. Nous doublâmes le pas & nous allions
fortir de ce trifte lieu, lorfque
le paffage nous en fut difputé
par une multitude innombrable de peuple, qui le zenghuis
à la main s'avançoient tumul-
tueufement vers nous. A cette

G iiij

vûe je ne pus m'empêcher
d'être saisi de crainte, & de
douter que Falbao nous préser-
vât pour cette fois d'un danger
qui sembloit inévitable. La
Princesse & moi, nous avions
d'autant plus lieu de desespérer
de notre salut, que Falbao qui
s'étoit avancé à la vûe de ces
monstres s'étoit arrêté, & paroissoit immobile ; sa tête élevée, faisoit imaginer que la
multitude & le péril l'étonnoit ;
mais je revins bien-tôt de cette
conjecture, lorsque je vis à la
lueur des flambeaux un homme
de mon espéce qui s'avançoit
vers nous, les armes à la main.
Falbao qui ne le perdoit pas de
vûe s'avança lentement à sa rencontre, & bien-loin de paroître furieux, témoigna par des
signes qui lui étoient propres,
le respect qu'il avoit pour cet

inconnu, & revint en gamba-
dant vers moi, comme s'il eût
voulu me féliciter de la découverte qu'il venoit de faire.

La Princesse & moi dans l'agitation cruelle où nous étions,
immobiles & glacés de frayeurs
considérions ces choses, sans
en pouvoir pénétrer le principe
& les suites; Falbao dont les
yeux étoient attachés fixement
sur moi, sembloit attendre que
je prisse un parti : bien-tôt tous
ces mystéres furent expliqués,
en reconnoissant l'homme qui
s'avançoit vers nous, Ah! Boldeon, m'écriai-je en quittant le
bras de la Princesse, & en ac-
courant vers lui : est-il possible
que je vous revoye, & que ce
soit à la tête de mes ennemis ?
Non, Seigneur, reprit ce généreux Ministre, la violence seule
m'a forcé de prendre les armes.

Ces monstres effrayés de la
mort de leur Roy, & craignant
votre chien fidele, qu'ils trai-
tent de Bazilic affreux, persuadés qu'il n'a aucun empire sur
les hommes de notre espéce,
ont décidé dans leur conseil
qu'ils se serviroient de moi pour
l'enchaîner, & les préserver par
ce moyen de la fureur de cet
animal ; la mort qui m'étoit pré-
parée en cas que je ne souscri-
visse point à leurs désirs, m'a
fait accepter cet emploi ; mais
je ne croyois pas ô Motacoa,
que les armes qui m'ont été mi-
ses à la main, dûssent être em-
ployées contre vous ; qu'il m'est
doux de vous prouver à l'ins-
tant, en exposant cent vies si je
les avois, le respect que je con-
serve, pour mon legitime Souverain ! Il dit : & se tournant
avec précipitation, il courut le

zenghuis élevé vers les monftres qui fembloient attendre
l'exécution de leurs projets : la
Princeffe eut beau vouloir me
retenir, je fuivis ce fidele ami,
fans que la crainte d'un péril affuré me retînt ; mais en avois-
je aucun lieu, ne connoiffois-
je pas Falbao ? Ce fidele animal n'eut pas plûtôt pénétré
mon deffein qu'il me devança,
& courut vers les monftres en
faifant des aboyemens fi épouventables, que cette multitude
prit la fuite avec précipitation ;
& Falbao voulut les pourfui-
vre ; mais dans la crainte de le
perdre, je le rappellai, & il revint à ma voix : fûrs pour lors
de notre retraite, je vins re-
prendre la Princeffe dont la
crainte avoit glacé les fens, &
qui pouvoit à peine fe foutenir
fur fes jambes tremblantes; nous

traversâmes la voûte que les
bas reliefs me firent reconnoître pour celle par où j'avois déja passé ; plusieurs des monstres
étoient étendus par terre étouf-
fés par la confusion avec laquelle ils s'étoient retirés ; nous
fûmes plus de quatre heures à
sortir de ce labyrinthe : Boldeon qui suivoit Falbao, fut le
premier qui nous annonça que
nous étions hors de ce Palais
ténébreux. Après avoir fait encore environ deux karies, sans
rencontrer aucun obstacle à notre retraite, nous nous trouvâmes enfin dans un lieu qui ne
m'étoit pas inconnu ; je jettai
un cri de joye en portant mes
yeux dans une espéce de plaine,
où j'avois été cent fois, Vilkonhis soit loué, m'écriai-je,
en félicitant la Princesse, nous
sommes à présent à l'abri des

monftres que nous avions tant
lieu de craindre; bien-tôt, ô Boldeon, continuai-je, vous vous
trouverez en pays de connoif-
fance. Oui, Princeffe, ajourai-
je, vous allez enfin vous délaf-
fer de vos travaux. O! ma mere,
m'écriai-je avec tranfport! De
quel raviffemens n'allez-vous
pas être comblée, & vous, ô fa-
ge Lodaï .... jufte Ciel! s'é-
cria Boldeon en contenant à
peine fa joye, ferions-nous enfin affez heureux? .... oui, Boldeon, repris-je, rien n'eft de
plus affuré, ces lieux me font
parfaitement connus, vous
voyez ce rocher de criftal,
d'où fort une fumée épaiffe en-
tremêlée de feu violet, j'y allois
fouvent admirer les effets furprenans dont la fpéculation de
la Philofophie nous donne de
fi foibles idées, la nature a for-

mée dans l'intérieur de cet an-
tre un creuset où bouillonnent
inceſſamment les métaux les plus
purs , & que l'action perpétuel
du feu rend tantôt liquides ,
quelque fois materiels & ſou-
vent permanens. Ce jour obli-
que qui paſſe à travers les croutes de la terre eſt remarquable
à mes yeux , par un bitume qui
philtre ſur la droite , & qui a-
près avoir ſerpenté ſans quitter
la voûte pendant un long-tems,
tombe goute à goute à côté de
la demeure que s'eſt fait Lodaï
nous avons environ encore trois
karies pour la gagner , ſi la Princeſſe dont je crains la laſſitude,
veut me permettre de l'y tranſ-
porter, ce fardeau me ſera précieux , & pour abréger l'ennui
d'un chemin épineux , nous
nous ferons part mutuellement
des évenemens extraordinaires

qui nous ont réunis. L'aimable
Princesse plus tranquile des af-
surances que je lui donnois de
son salut, parut sensible aux at-
tentions que je lui marquois,
& nous flatta de l'espérance
qu'elle nous suivroit aisément :
Boldeon, pour entrer dans les
vûes que je venois d'imaginer
pour rendre le chemin moins
long, nous conta en ces termes,
les périls qu'il avoit courus depuis le fatal moment où l'Homme-ver l'avoit enlevé.

Vous avez pû juger, ô Mo-
tacoa, commença-t'il, en m'a-
dressant la parole, de la douleur que je ressentis lorsque je
fus saisi par le monstre, les bonds
prodigieux qu'il faisoit pour
éviter votre fidéle Falbao, me
donnoient des secousses si ter-
ribles, que je croyois expirer de
moment en moment de la dou-

leur qu'elles me cauſoient. Cependant malgré ſon agilité &
ſon adreſſe à éviter l'ennemi qui
le ſuivoit, il ne pouvoit man-
quer tôt ou tard d'en être attra-
pé, ſans les ordres prévoyans
qu'avoit donné le Roy de ces
Peuples, qui prévent que le
Bazilic, (c'eſt ainſi que Falbao
eſt nommé dans ces lieux,) a-
voit paru ſur ſes terres, avoit
fait creuſer un nombre de foſ-
ſes dans toutes les avenues par
où il pouvoit paſſer, afin qu'y
tombant, lui & ſes peuples fuſſent à l'abri de l'aſcendant fatal
que la nature a donné à ce
chien ſur les hommes de leur
eſpéce.

Falbao ne put éviter de ſe
prendre dans un de ces piéges:
le monſtre qui m'enlevoit l'arrêta, & puis revint ſur ſes pas,
il parut dans le raviſſement,

lorfqu'il vit que le reffort préparé dans la foffe, avoit enchaîné
le chien par le col ; cet aimable animal faifoit des efforts
furprenans pour fe délivrer de
fa fervitude : l'Homme - ver fe
plût à le confiderer, & voyant
que l'animal me regardoit triftement, il me nazonna une
langue qui ne m'eft pas inconnue, mais que je n'entendis pas;
connoiffant à mon filence, que
je ne le comprenois point, il
fe fervit d'un autre idiome que
je ne conçus pas mieux ; enfin
ce monftre habile me parla de
tant de fortes de langues, que
j'entendis enfin la mienne, ce
que je lui fis connoître, & dont
il parut charmé ; il me demanda fi l'animal qui l'avoit pour-
fuivi, & que je voyois enchaîné, étoit connu de moi, foupçonnant par la tranquilité que

II. Part.   H

je montrois en le regardant,
que j'étois accoutumé à en voir
de femblables, & fi le pays dont
j'étois les produifoit, en ajou-
tant en même tems, que fup-
pofé que cela fût, nous devions
bien nous féliciter de ne pas
être dans le cas de ceux de fa
nation qui tomboient dans une
langueur mortelle à l'afpect d'un
de fes regards, & dont la mort
étoit fubite, lorfqu'ils étoient
affez malheureux d'être touchés
de fon écume ; je fatisfis l'Homme - ver fur les queftions qu'il
me faifoit en plaignant mon
fort & celui d'un ami, qui couroit peut-être une fortune égale
à la mienne ; le monftre à ce
difcours fe mit à fourire avec
une grimace affreufe ; *Tram-
pinçani*, me dit-il, le malheur
dépend des préjugez, ceux dans
lefquels tu es né, font errer les

peu d'inftinct que la nature t'a donné , vil excrément de l'humanité , tu es trop heureux de ce que le hazard a bien voulu que je te rencontre , rends en graces au Grand (a) *Ver-fund-ver-ne* , & de ce que ton efpéce informe , maudite parmi nous ait du rapport à celle d'une Princeffe que notre Empereur adore : en faveur de cette Belle (b) *Tumpingand* notre Souverain accorde la vie aux monftres de ton pays , que le hazard amenera dans ces lieux dans un autre tems , tu aurois été conduit dans le moment de ton efclavage au Temple de Ver-

(a) Divinité adorée dans le centre de la terre , fous la figure d'un Ver monftrueux par fa grandeur.

(b) Les peuples intérieurs nomment toutes les nations qui different de la leur, *Tumpingand* , ce qui fignifie étranger en leur langue.

fund-ver-ne, où l'on t'auroit
écorché tout vif, & brulé sur
son Autel : bénis, te dis-je une seconde fois, l'avanture qui a fait
pénétrer notre Souverain dans le
Royaume des Amphicleocles,
elle est cause que les (a) vieux
du *kin-zan-da-or* en faveur de
l'enlevement de la Princsse
Cléannes, se sont relâchés de
la loi sévere dont je viens de
parler ; à sa place il est décidé
que tout Tumpingand que le hazard fera trouver dans les suites
dans le Royaume, sera mutilé
dans les parties qui differe des
nôtres, & qu'on jettera ses jambes & ses cuisses au feu, comme des excrescenses odieuses à
l'humanité, avantage d'autant
plus précieux que ces membres
inutiles & informes, sont les

(a) Kin-zan-da-or, plaine où le Grand
Conseil s'assembloit.

feules caufes de ce qu'ils font rejettés du fein du grand Ver-fund-ver-ne.

Pour ce qui eft de toi, ô Monftre, à peine fupportable, ta fervitude arrive dans le tems le plus favorable , par l'honneur que tu auras d'être mutilé de compagnie avec la Princeffe fur laquelle on n'avoit pû gagner qu'elle confentît au retranche-ment dont il eft queftion, & qui peut être pour s'en exempter par un entêtement effroyable avoit obtenu du Monarque qu'-on ne procederoit à cette opé-ration que lors que deux Tum-pingands lui ferviroient d'exem-ple, & fon efpoir étoit d'au-tant mieux fondé, qu'il y avoit plus d'un fiécle qu'il n'avoit pa-ru d'hommes de ton efpéce dans nos contrées, & qu'il n'y avoit pas d'apparence qu'il s'en

trouva fi-tôt. Mais Za-ra-ouf
tout Roy qu'il eft, s'étoit engagé
plus aifément qu'il ne pouvoit,
les Vieux du Kin-zan-da-or,
confeil qui contrebalance fon
autorité, fignifierent à ce Prince qu'ils ne pouvoient, quelque
refpect qu'ils euffent pour lui,
outrepaffer la loi du délai,
qui ne donne qu'un mois aux
Tumpingands pour fe réfoudre
à l'opération myftique, que tout
ce qu'il leur étoit poffible de
faire en confidération de la belle Cléannes, étoit d'ordonner
le (a) Fingaïd, décret qui ne
s'accordoit que dans les occa-
fions urgentes de l'Etat.

Za-ra-ouf qui adore la Princeffe, & qui felon les loix du
Royaume ne pouvoit l'époufer
qu'après la mutilation, ne fut
point fâché de la fermeté des

(a). Tract, ou chaffe générale.

vieux du Kin-zan-da-or.

Le Fingaïd lui fit efpérer que
la quantité des fujets qui alloient
être employés pour aller à la
chaffe des *Tumpingands* , lui en
feroit at raper quelqu'un qui
donneroit à Cleannes la fatis-
faction qu'elle s'étoit promife :
enfin, que te dirai-je ? Le dernier jour du Fingaïd expiroit
aujourd'hui, fans que ce tract
général eût produit au Roy aucun monftre de ton efpéce ,
Ver-fund-ver-ne foit loué , je t'ai
rencontré , & felon ton rapport
j'augure que la joye du Prince va
fe trouver complette , puifqu'il
eft à préfumer que le camara-
de dont tu m'as parlé eft la proye , ou le deviendra , de quelqu'un des miens ; mais un avantage fenfible au-deffus cent
fois de la prife , quelque defirée
qu'elle foit , eft le bonheur fu-

prême d'avoir en notre puiffance le grand Bazilic, & que fon paffage fur ces terres n'ait pas été marqué par une grande mortalité ; les vieux du Kin-zan-da-or, qui ont confervé jufques ici une tradition fidelle de tout ce qui s'eft paffé depuis que nous devons l'être au divin Ver-fund-ver-ne, affurent que la derniere fois, que cet ennemi cruel de notre efpéce a paru fur nos terres, a été marquée par la mort de plus de vingt mille de nos habitans, & que ce ne fut qu'au bout de trois (a) *kirzidos* qu'il tomba dans un piége femblable à celui que tu vois à nos pieds. Juge, ô *Tumpingand*, de la joye générale que

(a) Années, elles fe comptent chez les Peuples intérieurs de la terre par le nombre des affemblées des vieux du Kin-zan-da-or, qui font de 225.

la

lanouvelle de la prife du Bazilic que tu vois va caufer : con-
fole-toi, continua-t'il, me regardant avec bonté, tu n'es
point malheureux de m'être
tombé en partage, j'ai du crédit près de *Za-ra-ouf*, dont je
fuis le Grand (*a*) *Bagdhaf*, tu me
parois être doüé d'un inctinct
plus épuré que ne devroit l'a-
voir un animal de ta forte ; a-
près le retranchement dont je
t'ai parlé, je te ferai jouir de
l'éminente prérogative d'entrer
dans une des cages de la Ména-
gerie du Roy, AVANTAGE fi
précieux qu'il n'eft accordé
qu'aux productions de la nature les plus admirables.

Le Monftre après m'avoir dit
toutes ces chofes, reprit fa (*b*)

(*a*) Grand Veneur.
(*b*) C'eft-à-dire qu'il continua à faire
des bonds.

marche ordinaire, & nous ne
fûmes pas long-tems fans rencontrer un nombre confidéra-
ble de ceux de fon efpéce ; ils
donnerent à ma vûe des fignes
d'une joye inexprimable, &
qui devint à l'excès, lorfque
l'Homme-ver, entre les mains
duquel j'étois, leur eut parlé ; il
leur apprit fans doute (car je
n'entendis point la langue avec
laquelle ils s'exprimoient,) la
prife du terrible *Bazilic*, leur
tranfport fe marqua par mille
bonds plus élevés les uns que
les autres, & par des geftes furprenans dont le nombre & la
confufion feroient trop difficiles
à détailler. Après s'être félicités
à leur maniere fur le bonheur
général, chacun de ces Monftres vint l'un après l'autre me
paffer la main fur le vifage ; a-
près quoi ils prirent les uns &

les autres des chemins differens afin que la nouvelle apparamment fût plûtôt répandue ; deux resterent avec nous, dont l'un marchoit devant & l'autre derriere.

Vous pouvez vous imaginer ô *Metacoa*, (continua Boldeon) à combien de reflexions je devois être en proye, & les justes craintes dont je devois être alarmé ; cependant considerant qu'il ne me serviroit de rien de m'affliger & de lutter contre des maux sans remédes, je me fis violence & je me resignai à la volonté de *Vilkonhis*, rien ne tranquilise plus l'esprit que les sentimens de la Religion dans l'adversité : je me trouvai tout autre après cette soumission intérieure, & je fus capable de faire des observations sur ce qui m'arrivoit, & sur les discours

que m'avoit tenu ce Monftre,
dont je me trouvois l'efclave ;
je ne fus point furpris des noms
dont il traitoit mon humanité,
tout ce qui eft éloigné de nous
ou qui différe de nos préjugez
& de notre efpéce, acquiert
ordinairement dans notre opi-
nion les titres de Monftres ou
de Barbares, fans faire attention
que ces noms ne font légiti-
mement dûs qu'à ceux qui agif-
fent contre la raifon & contre
leur propre principe ; mais ce
qui me caufa une véritable furprife, fut d'entendre parler ma
langue dans des lieux qui differoient fi fort de ceux où j'avois
reçu le jour ; étonnement d'autant mieux fondé que le Monftre difoit qu'il y avoit plus d'un
fiécle qu'il n'avoit paru d'hommes de mon efpéce dans ce
monde extraordinaire.

Quelqu'occupé que je dusse
être de soins plus importans ;
je ne pus resister au desir d'é-
claircir cet embarras: Comment
donc, s'écria l'Homme-ver, a-
près que je le lui eus expliqué,
tu refléchis ; tu raisonnes ! Je ne
me serois jamais imaginé qu'un
Tumpingand fût susceptible de
raison ; en cette consideration
je veux bien t'expliquer tes
doutes, le voyage est encore
long d'ici à la Capitale, & me
donnera le tems de t'ébaucher
notre histoire ; je te suis trop
obligé de ce que tu t'es trouvé
à ma rencontre, pour ne pas
t'accorder cette satisfaction,
curieux comme tu le parois,
je ne doute pas du plaisir que
tu en dois recevoir.

Nous devons notre origine à
Ver-fund-ver-ne, qui suscita parmi nous un Philosophe nommé

Za ra-ouf, qui nous dicta des loix dont la pratique entiére étoit récompenſée par la promeſſe, à ceux qui en feroient les religieux obſervateurs, de paſſer de ce monde intérieur ſur la ſuperficie où l'on doit jouir d'une vraye lumiére, & voir réellement les flambeaux divins qui en font les principes.

La punition de ceux qui violeroient ces préceptes, conſiſtoit dans la privation éternelle de cette lumiere promiſe.

La ſageſſe qui éclatoit dans ces loix, donna à *Za-ra-ouf* un crédit ſi légitime ſur les peuples de *Trifolday*, qu'ils l'élurent Roy, & ſe ſoumirent entierement à ſa puiſſance; il ſe montra d'autant plus digne de ce haut rang, qu'il voulut contrebalancer lui-même ſon autorité. Il fit aſſembler un jour ſon peu ple dans la plaine de *Kin-zan-da-or* , & là il établit les Vieux qui conservent encore aujour-d'hui le nom de cette plaine , pour conservateurs des loix qui avoient été publiées & reçues , avec le pouvoir souverain de déposseder le Roy même , lorfqu'il voudroit y contrevenir.

Za-ra-ouf aussi grand Philosophe que sage Législateur, prévit que son espéce n'étoit pas la seule qui habitât dans ce monde intérieur , & pour assurer la conservation de ses Peuples , il fut dit : que s'il arrivoit , que d'autres Peuples pénétrassent dans son Royaume , les siens se réuniroient pour les détruire & ne formeroient jamais avec eux aucune alliance.

Il ajouta aux priviléges des Vieux du *Kin-zan-da-or* , celui d'élire leurs Souverains, il en ex-

I iiij

clut fa pofterité , & voulut que
la vertu & la valeur fuffent les
fuffrages de la Royauté.

Za-ra-ouf étant mort fes fuc-
ceffeurs conferverent fon nom,
les Vieux du *Kin-zan-da-or*
n'ayant pas été contens du troifiéme Roy qu'ils avoient élu,
donnerent un décret par lequel
il étoit ordonné qu'à l'avenir
tous ceux qui afpireroient à la
Couronne, ne pourroient être
admis dans le nombre des élus
qu'ils n'euffent voyagé trois
dikhados , & qu'ils n'en rappor-
taffent des preuves pofitives par
la découverte de quelques merveilles inconnues , qui puffent
être utiles & avantageufes à la
Patrie.

Cette loi nouvelle , non-feulement nous a donné de grands
Rois , mais encore eft caufe
que nous nous fommes confer-

vés jufques ici par la découver-
re qu'un de nos Rois a faite de
l'affreux animal du Bazilic im-
mortel, qui feul étoit capable
de détruire entierement ce bas
monde, & qui par des experien-
ces faites fur des fujets condam-
nés à la mort, a appris les
moyens, non-feulement de
s'en garantir, mais encore de
les faire fervir, après les avoir
pris, à la (a) deftruction de ceux
de fon efpéce qui pourroient
furvenir dans les fuites.

Le Roy qui fucceda à celui
dont je viens de parler fut élû
préférablement à tous ceux qui
avoient voyagé, parce qu'il
rapporta pour preuves de fes
foins laborieux deux *Tumpin-*
gands, merveille extraordinaire
& inconnue jufqu'alors.

(a) Ce moyen n'eut lieu que dans le
premier fiecle.

La relation qu'il fit de son voyage fut, que ces monstres entroient dans leurs contrées par une ouverture des croutes de la terre, suspendus par une corde, sous laquelle il s'étoit trouvé par hazard, à laquelle étoit attaché un panier qu'il avoit retenu comme il se précipitoit ; il ajouta que dans le même endroit il avoit été surpris de trouver plusieurs de ces Monstres étendus par terre sans vie avec des tas de cordes qui prouvoient que l'intention de ces Barbares étoit de faire incursion dans leurs Etats ; que jusqu'ici ils n'avoient pas encore selon toutes les apparences réussi, mais qu'il pourroit arriver qu'ils trouveroient les moyens de venir à bout de leur entreprise.

A ce rapport les Vieux du

Kin-zan-da or tinrent un conseil important, dans lequel il fut résolu, que des Commissaires seroient élus pour se transporter à l'endroit spécifié par le celebre Voyageur ; qu'après avoir examiné les choses, on y mettroit une garde nombreuse, & que chaque fois qu'il se présenteroit des *Tumpingands*, on s'en saisiroit, & on les enverroit à la Capitale, où ils seroient sacrifiés à *Ver-fund-ver-ne*.

Le Conseil décida pour ce qui regardoit les Monstres vivans qu'ils avoient entre leurs mains, qu'on les conserveroit, & qu'ils seroient remis à deux Vieux *du Kin-zan-da-or* pour étudier leur espéce monstrueuse & tâcher de pénétrer qu'elle étoit la sorte d'instinct qu'ils avoient.

Ceux qui furent commis à ce soin, examinerent les *Tumpin-*

gands de si près, qu'ayant décou-
vert que leur instinct grossier
raisonnoit, s'attacherent à apprendre leur langue; à quoi ils
réussirent au bout de plusieurs
dikhados ; cette connoissance
leur en fit acquérir beaucoup
d'autres, & le rapport qui en
fut fait au Conseil, embarrassa
extrémement les Sages, car selon la rélation des *Tumpingands*,
il paroissoit que les climats dort
ils sortoient, étoient ceux de la
félicité promise aux *Trisolday-
stes*, puisqu'ils étoient éclairés
par les principes de la lumiere.

Les Vieux du *Kin-zan-da-or*
furent partagés à ce sujet, &
les contestations que ce rapport
occasionna, auroient sans doute
divisé le Royaume & produit
une nouvelle Secte, sans la sa-
gesse du Conseil supérieur, qui
pour prévenir de pareilles sui-

tes , ordonna que les *Tumpingands* feroient mis à mort , &
qu'à l'avenir on n'en conferve-
roit plus de vivans ; l'on jugea
cependant d'une conféquence
infinie de retenir leur idiome ,
& qu'il n'y auroit que les feuls
Vieux du *Kin-zan-da-or* , & le
Roy qui puffent l'apprendre &
le parler ; loi politique, afin que
s'il arrivoit des révolutions im-
prévûes de la part de ces Monftres, on fût en état de pénétrer
& d'anéantir par-là leurs projets.

Notre hiftoire porte , que
pendant plufieurs fiecles la garde fe fit exactement à l'endroit
où on avoit trouvé les premiers
Tumpingands , qu'il en tomboit
fouvent entre leurs mains ,
mains qu'un jour trois Bazilics
affreux ayant paru, dont la vûe
fit périr les deux tiers de cette

garde, le reste effrayé, prit la fuite & vint à la Capitale apprendre ces tristes nouvelles; que le Roy qui regnoit pour lors y ayant voulu mettre ordre lui-même, fit conduire une garde encore plus nombreuse, fut rencontré par un de ces ennemis de notre espéce, & perdit lui-même la vie avec une partie de ceux qui l'avoient suivi.

Le Prince qui lui succeda, ne montra pas moins de fermeté, & se fit un devoir de trouver les moyens de mettre ses Peuples à l'abri de ces nouveaux ennemis. Pour y parvenir, il fit creuser plusieurs pieges; mais ses soins ayant été inutiles, & les Vieux du *Kinzan-da-or* craignant qu'en s'obstinant de garder cet endroit, ils ne fussent cause de la destruction des *Trifoldaystes*, ordonnerent qu'à l'avenir il n'y auroit plus de garde dans les endroits où les Bazilics avoient choisi leur demeure.

Cette sage précaution eut un heureux succès ; deux siécles se sont passés sans qu'aucun *Tumpingand* ait reparu , & l'on commençoit à perdre entierement l'idée de ces évenemens, sans un incident nouveau qui en a rappellé la mémoire & qui fait aujourdhui le sujet de nos admirations.

Za-ra-ouf le Prince qui regne aujourd'hui , que ses lumieres & son activité ont placé sur le Thrône , revenant une nuit fort tard de la chasse , trouva dans son chemin un *Trifoldayste*, qui lui dit : arrête *Za-ra-ouf* , voici ce que profére l'esprit qui m'agite. » Le flambeau de la » félicité éclaire des Peuples in-

» connus & dont le Royaume
» eſt inacceſſible ; une Princeſ-
» ſe à la couleur *d'Aſcalis* & l'ob-
» jet de la tendreſſe de tous les
» Rois : que *Za-ra-ouf* prenne
» garde de ſe laiſſer ſurprendre
» à ſes charmes, le terrible en-
» nemi veille à la conſervation
» de ſon époux, tremble du
» ſort qui t'eſt preparé, juſte pu-
» nition d'avoir ravi la femme
» de ton premier Miniſtre ! ô
» lâches Vieux du *Kin-zan da-*
» *or*, votre indigne tollerance re-
» cevra le châtiment mérité :
» le ſeul moyen, ZA-RA-OUF,
» d'appaiſer la colére de *Ver-fund-*
» *ver-ne*, eſt de dépoſer ton ſcep-
» tre à ſes pieds, de rentrer dans
» le néant dont les artifices
» t'ont tiré, & d'expier dans
» les voutes ſacrées du Temple,
» les crimes dont tu t'es enta-
» ché.

Za-ra-

Za-ra-ouf surpris de la témérité du *Trifoldayste* paya son oracle d'un coup de *zenghuis* qui l'étendit à ses pieds ; mais quoi qu'il pût faire pour s'ôter de l'idée ce qui lui avoit été dit, il n'y put réussir ; la mélancolie s'empara de son ame, solitaire & rêveur, il fuyoit jusqu'à ceux qui lui avoient été autre-fois le plus cher ; & renfermé dans le sein de son Palais, il passoit souvent plusieurs mois sans qu'il reparût en public.

Un jour qu'il étoit plus absorbé que jamais dans ces noires reflexions, il feuilleta pour se distraire la tradition de ses peuples, il s'arrêta à l'endroit où les *Tumpingands* avoient paru pour la premiere fois, & cette histoire l'interessa tellement qu'il la revit (*a*) plusieurs fois.

(*a*) La tradition se conservoit par des

II. Part.   K

Le lendemain il fit affembler les Vieux du *Kin zan-da-or*, & leur fignifia un voyage projetté, dans l'intention, difoit-il, d'illuftrer fon regne en reconnoiffant lui-même le lieu par lequel les *Tumpingands* avoient voulu pénétrer dans le Royaume, & en trouvant les moyens d'y remettre une garde qui en étoit déplacée depuis fi longtems.

Le Confeil voulut en vain s'oppofer à cette entreprife, en lui remontrant que le long-tems qu'il y avoit, qu'il ne paroiffoit ni Monftre ni Bazilic, devoit le tranquilifer; rien ne put l'ébranler, il partit avec un feul de fes Miniftres, & après trois

bas reliefs, l'écriture n'étant point encore en ufage, & cette façon étoit fi ingénieufe, l'intelligence fi claire, que les évenemens les plus fimples d'une hiftoire étoit marqués.

dikhados d'abfence , il reparut chargé de la belle Princeffe dont je t'ai parlé; il fit le détail aux Vieux du *Kin-zan-da-or* de fon voyage , & ayant gagné le grand Moulhoubouk (*a*) , il lui fit fuppofer que *Ver-fund-ver-ne*, avoit deftiné de tout tems la *Tumpingand* que le Roy avoit enlevée pour être Reine des *Trifoldayftes* , que d'elle devoit naître un Prince magnanime, qui dès cette vie leur ouvriroit les portes de la félicité , & qui extermineroit la race entiere des Bazilics ennemis.

Les Vieux du *Kin-zan-da-or* , trompés par cet artifice , non-feulement changerent la loi qui défendoit au Roy de fe marier ; mais encore en confideration des biens promis par le canal de la Princeffe , fup-

(*a*) Grand Prêtre de Ver-fund-ver-ne.

K ij

primerent la loi qui vouloit qu'on mît à mort, tout *Tumpingand* qui seroit surpris dans le Royaume : pour divertir même les préjugez que les Peuples avoient contre eux, qui auroient pû réjallir jusques sur la Reine future, il fut arrêté qu'au lieu de la mort, à laquelle les anciens réglemens condamnoient ton espéce, elle seroit mutilée, ainsi que je t'ai dit.

Tu peux revenir par ce récit, ô *Tumpingana*, continua *l'Homme-ver*, de la surprise où tu étois de m'entendre parler ton idiome, Vieux du *Kin-zan-da-or*, c'est un de mes priviléges, il est heureux pour toi que tu sois tombé entre mes mains, si tu veux suivre mes conseils & que ton instinct soit assez ferme pour demander toi-même le retran-

chement de tes monstreux membres, je te promets que je te
rendrai la vie douce, & que tu
béniras cent fois *Ver-fund-ver-
ne* de l'heureux moment où je
t'ai rencontré.

Le Monstre pour me donner
une confiance plus entiere à sa
parole, cracha dans sa main
& m'en barbouilla le visage,
maniere chez ces peuples de
faire un serment dont je l'aurois fort volontiers dispensé,
aussi-bien que du reste. Après
avoir fait cette ridicule céré-
monie dont le goût fort me fit
éternuer, il me fit à son tour
cent questions differentes aus-
quelles je repondis de mon
mieux.

Nous arrivâmes au bout de
trois jours de marche à la Capitale, dont le seul Palais, comme vous sçavez sans doute, com-

pofe toute la Ville. On me con-
duifit à l'appartement de *Za-ra-*
ouf, il paroiffoit enfeveli dans
une profonde trifteffe , & fes
yeux fe détournerent à mon a-
bord ; il eut un long entretien
avec le Monftre qui me guidoit,
après quoi nous fortîmes, & je fus
mis au fond d'un rocher ; je fuis
auffi furpris que toi , me dit
l'*Homme-ver* qui m'avoit enlevé,
du traitement qu'on te fait , &
auquel je ne m'attendois pas , je
n'ai pû pénétrer encore quel eft
le fujet de la colére du Roy ,
il faut qu'il te foupçonne de
mauvais deffeins , car il m'a fort
recommandé de te faire veiller
de près ; la Princeffe même y
entre pour quelque chofe ; mais
quoiqu'il en foit tranquilife-toi,
je ne t'ai pas promis en vain ,
je vais à la Cour , dès que je ferai au fait de toutes ces chofes

je viendrai naturellement t'en faire part ; ce que je soupçonne cependant eft, que *Za-ra-ouf* s'eft peut-être rappellé la prophétie de ce *Trifoldayfte* qu'il mit à mort à la chaffe, dont les évenemens prefens femblent lui annoncer la malignité ; *Verfund-ver-ne* nous en préferve, l'Etat feroit à jamais perdu.

Le Monftre après ce difcours me quitta, & je m'abandonnai à mille reflexions plus fâcheufes les unes que les autres ; j'eus beau avoir recours à la raifon, & à la fermeté qu'on doit avoir à mon âge ; mais fur quoi me fondois-je ? Devois-je ignorer que plus la nature vieillit & plus elle devient foible ? Ces dangers, ces périls que j'avois affrontés pour occuper le Thrône de votre pere, ô Motacoa, ne me paroiffent rien en comparaifon:

de ceux que je courois alors ,
je promenois triftement les yeux
dans ma prifon fouteraine, dont
la foible lueur qui tranfper-
çoit à travers les crevaffes du
rocher, ne fervoit qu'à m'en
montrer toute l'horreur ; trois
jours fe pafferent dans l'incertitude & dans l'attente de mon
fort ; trifte, abbatu, languiffant
je ne pouvois me refoudre à
manger , les alimens fur tout
different fi fort de ceux aufquels
j'étois accoutumé , qu'à peine
ofois-je les regarder; cependant
la nature accablée d'un jeûne
fi long, ne put réfifter plus long-
tems à une faim dévorante, je
me jettai avec fureur fur un li-
maçon rôti qui fe trouva parmi
les alimens qui m'avoient été
fournis: je faifois à contre-cœur
ce mauvais repas, lorfque j'entendis rouler la pierre qui cou-
vroit

vroit l'entrée de la caverne ; je
frémis à ce bruit , & je m'avançai précipitamment pour apprendre mon fort , je reconnus
le Monftre dont j'ai parlé ; lorfqu'il fut près de moi , il me parla en ces termes .:

Tumpingand , me dit-il , j'ai
bien des nouvelles à t'apprendre , tu avois raifon de foup-
çonner qu'un de tes camarades
couroit les mêmes avantures
que toi , il a été pris le même
jour , & la triftefle dont tu as
vû le Roy faifi , procéde de la
curiofité que la Princeffe a eue
de le voir ; il foupçonnoit que
ce Monftre étoit de fon pays ,
& jaloux comme il fe l'eft déja
montré dans une occafion femblable , il s'eft imaginé que ce
Tumpingand , peut-être aimé de
la Princeffe , étoit venu exprès
pour la lui ravir , fondé fur ce

I L. Part.   L

que cette entreprife a déja été tentée par un de ceux de fon efpéce qui fut mis à mort, & que la Princeffe déclara pour fon propre pere.

Prévenu de cette idéc, ce Prince a donné des ordres fe-crets pour que le *Tumpingand* lui fût amené ; mais, ô malheur ter-rible, & qui nous fait tous trem-bler, le *Bazilic* affreux que tu as vû pris dans un piége eft échap-pé : tout tremble ; pourquoi fa vie a-t'elle été confervée par la trop foible complaifance du Roi pour la Princeffe! Lorfqu'on lui amena cet animal, elle affura le Prince, que fon efpéce étoit commune dans fon païs, & qu'on n'avoit qu'à le lui remet-tre, elle fçavoit les moyens de l'apprivoifer, que bien loin d'être nuifible elle le rendroit utile en l'accoutumant peu à peu aux

Peuples de ce Royaume, assurant que le mal qui procédoit
de ses regards, n'étoit occa-
sionné que lorsqu'il étoit en
fureur. Le Roy, dis-je, séduit
par beaucoup d'autres discours
semblables, a permis que *le
Monstre* fût remis à la Princesse :
fatalle crédulité! Elle entraîne-
ra peut-être notre perte entiere.

Za-ra-ouf prévenu, comme je
te l'ai dit, que la curiosité de la
Princesse pour le *Tumpingand*,
renfermoit un mystére, se ca-
cha secrettement sous le Thrône de la Princesse, lorsqu'il lui
fut amené, espérant qu'il sur-
prendroit dans leurs regards des
marques d'intelligence ou d'a-
mour : mais, ô funeste suite, à
peine le Monstre de ton espéce
a-t-il paru, que la Princesse émue
à son abord est tombée en foiblesse. Que te dirai-je de plus,

le *Bazilic* a rompu ses fers &
protége de ses regards & de son
écume meurtriere le *Tumpingand*
dont les jours sont menacés;
tout fuit, tout tremble, l'on tend
par tout des pieges pour re-
prendre le terrible animal; les
Vieux du *Kin-zan-da-or* sont as-
semblés, je leur ai parlé de toi,
en vantant ton instinct raisonna-
ble qui peut nous être utile dans
cette triste occasion, ils me dé-
putent & me chargent de toi
pour t'amener au Conseil; suis-
moi, s'il est possible que tu sois
utile dans l'occasion présente,
tu peux compter sur la reçon-
noissance la plus entiere.

Le Monstre achevoit à peine
ces mots, qu'une foule de ses
semblables parut à l'entrée de
la caverne, leurs bourdonne-
ments étoient épouventables &
m'inspira de l'effroi; ne crains

rien, me dit *l'Homme-ver*, c'est
à moi que l'on en veut, on vient
m'apprendre sans doute qu'el-
qu'évenement fatal & nouveau.
L'un des Monstres lui ayant parlé avec beaucoup d'action, celui-ci se tourna vers moi : grand
Ver-fund-ver-ne, s'écria-t'il, en
se frappant le visage, que viens-
t'on m'apprendre ! *Za-ra-ouf* est
mort ; la Princesse enlevée ; le
Bazilic est l'auteur de cette ré-
volution, tout fuit devant lui,
la désolation des Peuples est
extrême, les Vieux du *Kin-zan-
da-or* pressent ta venue ; en me
disant ces mots, le Monstre me
saisit, fit un bond & m'enleva de
la caverne. Je fus conduit au
Conseil, suivi d'une foule innombrable de Peuple, bour-
donnant les plaintes les plus a-
méres. A peine fus-je entré,
qu'un silence profond succeda ;

les Vieux se parlerent en secret, après quoi celui qui m'avoit enlevé, me vint prendre & me mit au milieu d'eux : *Tumpingand*, me dit-il, apprens que les Vieux du *Kin-zan-da-or* ayant déliberé sur le malheur présent, & sur l'assurance que je leur ai donnée que ton espéce est au-dessus de la nôtre, né dans les climats de la félicité où sont les principes de la lumiere, me chargent de te dire que le Thrône étant vacant par la mort de *Za-ra-ouf*, ils te promettent de te reconnoître pour Roy si tu délivres l'état du Monstre horrible qui le persécute ; reçois ce *zenghuis* comme un gage autentique de notre parole, marche, & si sous tes auspices nous sommes vainqueurs, & que le *Bazilic* tombe sous tes coups, tu seras conduit sur le champ dans le Tem-

ple divin où le grand *Moulhoubouk*
te ceindra le Diadéme facré.

Ma furprife fut fi grande à ces
propofitions extraordinairesque
je reçus le *zenghuis* fans y répondre. A peine fut-il entre mes
mains que tous les Vieux du
Kin-zan-da-or m'environnerent
& firent le ferment accoutumé
crachant dans leur main , &
en me la paffant fur le vifage. Si
je m'étois crû je me ferois fervi des armes qu'ils m'avoient
données pour me venger de cette ridicule céremonie; mais ne
pouvant faire mieux que d'accepter les moyens propofés , &
foupçonnant que je pourrois
vous rencontrer, j'affurai les
Vieux que j'étois prêt à faire
tout ce qu'ils voudroient ; les
crachemens redoublerent à cette nouvelle , & l'on me condui-
fit dans le Palais où je vous ai
rencontré.   L iiij

La Princesse me confirma les choses que Boldeon venoit d'avancer, & elle se préparoit à y ajouter quelques circonstances, lorsqu'ayant levé les yeux sur la droite, je l'interrompis en jettant un cri de joye : ô Ciel ! m'écriai-je, ma mere & Lodaï sont au bord de cette fontaine, où coule un élixir verdâtre : Vilkonhis, que ne te dois-je pas ? Je prononçai ces mots avec tant de vivacité, qu'ils furent entendus de la fontaine. Ma mere assise, plongée dans une profonde rêverie, frappée du son d'une voix si chere, se leva précipitamment, & me reconnoissant de loin : ô mon fils, s'écria-t'elle en venant vers moi, vous m'êtes donc rendu, je ne verserai plus de larmes ; elle n'eut pas le tems d'en dire davantage, j'étois déja entre ses bras.

La joye de cette tendre mere étoit si démefurée que j'eus lieu de craindre qu'elle n'en mourût. Lodaï qui étoit heureufement accouru arrêta par des fimples précieufes, l'ame de ma mere prête à s'envoller. Quelque cher que je lui fuffe , & quelque curiofité qu'il eût de fçavoir les raifons d'une fi longue abfence , & celle qui conduifoit en ces lieux des perfonnes inconnues, il continua fes fecours, & ne me donna des marques de fa tendreffe , que lorfque ma mere fut revenue entierement de fon faififfement. Alors il me témoigna toute la joye qu'il avoit de mon retour ; plus d'une heure fe paffa dans le plaifir mutuel de nous revoir & de nous raconter confufément tout ce qui nous étoit arrivé. Lodaï m'apprit qu'il s'é-

roit douté de mon avanture par
la connoissance indirecte qu'-
il avoit que le centre de la ter-
rè étoit habité : il me dit même qu'il avoit entrevû quelqu'un des Monstres dont je lui
parlois; mais que dans la crainte
qu'il avoit de tomber entre leurs
mains, il s'étoit toujours tenu
sur ses gardes, & ne s'étoit depuis ce tems jamais éloigné de
plus de deux karies de sa demeure, que c'étoit là le principe des avis qu'il m'avoit si souvent repeté de ne pas m'écar-
ter, qu'il s'étoit repenti bien
des fois de ne m'avoir pas aver-
ti de toutes ces choses ; mais
que connoissant ma vivacité, il
s'étoit tû, dans la crainte que ma
curiosité ne fît ce que le hazard
avoit produit. Il me rapporta en-
suite le desespoir dont ma mere
avoit été agitée pendant mon
absence, & que c'étoit un mira-

ele de ce qu'elle n'y avoit pas
succombé.

Après les premiers transports
que l'occasion présente avoit
fait naître, Lodaï reconnut Boldeon. Ces deux amis intimes de
tout tems, se remirent avec une
joye inexprimable ; ma mere
que j'avois pressentie sur le compte de la Princesse, & sur le
goût que je ressentois pour elle,
la reçut dans ses bras, avec toute la tendresse & l'affection qu'-
elle auroit pû démontrer à sa
propre fille : nous prîmes en-
suite le chemin de l'habitation
de Lodaï, & là Boldeon ins-
truisit ma mere & cet ami fidele de toutes les choses dont
il m'avoit fait part, au sujet de
mon Thrône usurpé. Ces deux
grands hommes d'Etat convin-
rent des moyens qui devoient
être employés pour m'y remet-

tre fans courir aucun rifque :
la belle Nafilaé entra pour l'Hy-
men dans tous ces projets. Ma
joye fut extrême, lorfque je vis
que tout concouroit à ma félicité, mais elle fut bien plus parfaite lorfque j'appris par l'hiftoire de cette Princeffe tout ce
qu'elle me facrifioit.

Après nous être délaffés pendant plufieurs jours de tant de
fatigues, nous fuppliâmes la
belle Nafilaé de nous apprendre par quelle avanture extraordinaire elle avoit été enlevée
par le Monftre *Za-ra-ouf*; elle
y confentit avec plaifir, & s'é-
tant annoncée pour Princeffe
des *Amphicleoclés*, Boldéon &
Lodaï fe recrierent à ce nom.
Vous ne devez pas être éton-
née, interrompit ce dernier, de
la furprife extraordinaire que
nous marquons; par quel ha-

zard surprenant, grande Princesse, avez-vous pû sortir d'un
état si mystérieux ? Permettez, continua - t'il en se tournant
vers moi, que j'apprenne au Prince les raisons qui causent notre surprise, elles serviront d'introduction à votre histoire.

Le Royaume des *Amphicleocles* est limitrophe de celui des *Abdalles*, la tradition nous enseigne que jamais les Peuples qui le composent, n'ont eu aucune relation avec leurs voisins; sorti dès le berceau, ô *Motacoa* de vos Etats, il n'est pas surprenant si vous ignorez ces choses: afin que vous entriez mieux dans l'histoire que veut bien conter la Princesse, elle trouvera bon que je vous dise un mot au sujet d'un Royaume aussi extraordinaire.

Notre histoire nous apprend

que les peuples qui le compo-
fent tirent leur origine *d'Hor-his-
hon hal.*, troifiéme fils du Soleil.
L'on raconte à cette occafion
que ce Pere de la lumiére étant
prêt à rentrer dans fon Palais
aërien, entrevit un jour à travers une fombre forêt, une fille nommée *Phiocles* qui fe bai-
gnoit dans un canal. La tradition
s'interrompt dans cet endroit
pour démontrer, que c'eft la premiere créature qui ait paru dans
le monde, que la terre avant
que cette mortelle fût créée,
n'étoit habitée que par des animaux, & qu'elle dut fon être à
l'interpofition du Soleil & de
la Lune, par un rayon qui tomba perpendiculairement fur un
ferpent femelle, lequel mourut
en la mettant au monde. La même tradition ajoute, que cette
Phiocles fut allaitée par la femel-

le d'un renard, qui eut soin d'elle jusqu'à ce qu'elle fût en état de se passer de ses secours.

Hor-his-hon-hal le plus méchant des fils du Soleil, ayant conspiré avec ses freres pour se délivrer d'un pere qui le châtioit souvent de ses mauvaises inclinations, & ce pere ayant pénétré ses parricides projets, les précipita sur la terre, prévenant les maux que leur chute devoit occasionner par le secours d'un nuage qui se dissipa dès qu'ils y furent arrivés.

Phiocles en revenant dans une grotte où elle se retiroit la nuit, rencontra *Abdalles* frere aîné d'*Hor his-hon-hal*. Bien loin de s'enfuir à sa vûe, elle s'en approcha avec plaisir dans le ravissement où elle étoit d'appercevoir un second elle-même. *Abdalles* charmé de cette belle mortelle, se consola bien-tôt de son exil ; *Phiocles* le retira dans sa grotte ; la nation des Abdalles doit son origine à la nuit qui suivit cette rencontre.

Un an après que ce que nous venons de dire fut arrivé, *Phiocles* en revenant de la forêt, fut rencontrée par *Thumipgand*, frere *d'Abdalles* ; la vûe de cet enfant du Soleil, qui étoit le plus beau de ses freres, charma l'inconstante *Phiocles*, elle répondit aux désirs de ce nouvel amant ; mais dans la crainte qu'*Abdalles* ne la surprît & ne la punît de son crime, elle s'enferma avec ce dernier dans une autre grotte, où elle passa trois ans avec lui. Après ce tems, la volage *Phiocles* se lassant d'être privée de la lumiere, profita du sommeil de *Thumipgand*, & elle l'abandonna. La tradition ne déclare

clare pas fi l'inconftance de *Phiocles* produifit des enfans, pour moi je m'imagine en rapportant cet évenement avec l'hiftoire qui nous eft arrivée dans le centre de la terre, que les *Tumpingands*, dont il y eft tant parlé, doivent leur origine à ce *Tumipgand*, & que ces deux noms font le même quoiqu'ils fe prononcent differemment.

Phiocles à qui les remords infpiroient de la crainte, réfolut de fu'r le plus loin qui lui feroit poffible dans la frayeur qu'elle avoit d'être rencontrée par l'un ou l'autre de fes Amans.

Un jour qu'elle defcendoit une colline, elle apperçut un homme qui venoit à fa rencontre; elle fe mit à fuir de toutes fes forces, s'imaginant que c'étoit *Abdalles* ou *Tumipgand*, n'étant point prévenue qu'ils avoient

M

un troisiéme frere. *Hor-his-hon-hal*, qui étoit celui dont il étoit question; ayant senti ses désirs s'allumer à la vûe d'une créature si parfaite, la poursuivit & ne l'atteignit que bien avant dans la nuit au moment qu'elle se refugioit dans une grotte.

Dès qu'elle se sentit au pouvoir d'*Hor-his-hon-hal*, dans la confiance où elle étoit qu'*Abdalles* ou *Tumipgand* l'avoit rattrapée, elle se jetta aux pieds du troisiéme fils du Soleil, & trahit elle-même ses secrets, en voulant s'excuser: *Hor-his-hon-hal* concevant par là l'histoire & l'infidelité de cette femme, & soupçonnant qu'elle avoit été à ses freres, ravi que cette charmante compagne fût tombée en sa puissance, & ne voulant pas se mettre dans le cas de lui faire commettre une troisiéme infidelité, l'enferma dans la grotte, & uſoit de cette précaution toutes les fois qu'il étoit obligé de ſortir pour chercher ſa ſub-ſiſtance. Dans la ſuite des tems, ſe trouvant chef d'une nom-breuſe race, il fit une loi par la-quelle il étoit défendu ſous pei-ne de la vie d'avoir aucune com-munication avec les Etats voi-ſins qui ſe formoient tous les jours de la poſterité de ſes fre-res. Pour ne pas mettre ces Peu-ples dans le cas de contrevenir à cette loi, il fit bâtir par les ſiens une muraille innacceſſible qui enfermoit ſon Royaume, & qui fut cent ans à bâtir.

Cette muraille eſt ſi haute, & gardée avec tant de vigilán-ce, que notre hiſtoire prétend qu'il n'eſt jamais ſorti des Etats des *Amphicleocles*, qu'un ſeul hom-me, nommé *Zo-ra-hod*, lequel

M ij

guidé par les lumieres de la raiſon, qui lui dictoit qu'après la grande muraille il ſe devoit trouver d'autres hommes & d'autres terres, Philoſophe & curieux de connoître par ſa propre expérience la vérité de toutes ces choſes, imagina à l'imitation des oiſeaux de voler; il ſe fit des aîles, & un jour qu'il étoit de garde ſur le grand mur, il les déploya & ſe laiſſa emporter par un grand vent qui le ſoutint & l'amena juſques dans nos Etats, c'eſt de lui que nous ſçavons l'hiſtoire des *Amphicleocles*; c'eſt à la Princeſſe à nous apprendre ſi ce que je viens de rapporter eſt conforme à la tradition de ſon Pays.

La Princeſſe qui écoutoit Boldeon avec plaiſir, ſurpriſe de le voir ſi bien inſtruit de l'hiſtoire de ſa nation, nous aſſura

que l'abrégé qu'il en avoit fait
differoit en très-peu de chofes ;
que pour ce qui étoit de la
grande muraille , elle n'avoit
été bâtie qu'en conféquence de
ce que *Phiocles* avoit été furprife
comme elle s'enfuyoit des E-
tats d'*Hor-his-hon-hal* , que ce
Prince dans fa premiere colére
avoit voulu la faire mourir ,
mais que touché des apprêts du
fupplice qu'il avoit ordonné , il
lui avoit fait grace à condition
quelle mettroit elle-même la
premiere pierre du grand mur
qui fubfifte encore aujourd'hui ,
& qu'elle ne fortiroit d'une prifon à laquelle il la condamna
que lorfque l'enceinte de cette
muraille feroit affez élevée pour
lui ôter le defir de s'échapper
une feconde fois. Les foins qu'il
fe donna pour avancer cet ouvrage, le mirent en état au bout

de dix ans, de ne plus craindre les tentatives de *Phiocles* ; mais il ne connoiſſoit pas juſqu'où peuvent aller les artifices d'une femme , lorſqu'elle a deſſein d'arriver à ſon but. *Phiocles* perſiſtant toujours dans le deſſein de quitter *Hor-his-hon-hal*, diſparut un jour ſans que ce Prince, quelque recherche qu'il ait faite, ait pû déterrer les moyens dont elle s'étoit ſervie pour y parvenir. Tranſporté de colére & furieux que malgré ſa vigilance il eût été la dupe de Phiocles , il fit continuer la grande muraille ; & pour que ſes peuples ne fuſſent pas à l'avenir dans le cas de ſe plaindre d'une pareille avanture , il fit une loi par laquelle toutes les filles de ſon Royaume tiendroient une priſon perpetuelle , & qu'il ne leur ſeroit permis de voir que l'hom-

me que leur famille deſtineroit
pour leur mari.

Dans le cours de l'hiſtoire
qui m'eſt arrivée , continua la
Princeſſe , vous aurez lieu d'ê-
tre ſurpris de la ſingularité de
nos mœurs.

Aucun de nous n'avoit oſé
juſques-là demander à la belle Naſilaé la raiſon extraordinaire du fond de ſa couleur
d'*Aſcalis* ; ma mere qui y étoit
moins accoutumée , & plus cu-
rieuſe comme femme ne put
s'empêcher d'en témoigner
quelque choſe ; nous étions
préoccupés , reprit .... en ſou-
riant du même déſir & du même étonnement. Pour ce qui
nous regarde, notre tradition ,
porte qu'*Hor-his-hon-hal* , dont
nos peuples tirent leur origine ,
étoit de couleur rouge ponceau,
& que *Phiocles* étoit blanche , les

Amphicleocles ont confervé celle
de leur premier pere, mais les
femmes tiennent encore aujourd'hui de la blancheur de
Phioclès, & leur peau n'a reçu,
comme vous le voyez en ma
perfonne, qu'une foible teinte
de la couleur du chef de cette
race.

La Princeffe des *Amphicleo-*
cles alloit commencer fon hiftoire, affis près d'elle notre filence lui faifoit connoître que
nous étions prêts à l'écouter,
lorfqu'un trépignement femblable à celui d'un grand nombre
de chevaux, avec des cris confus,
nous fit lever avec effroi pour
en demêler la caufe : je fortis
le premier de l'habitation, je
reculai d'horreur à la vûe d'une
foule de Monftres, cent fois
plus effroyables que ceux aufquels nous venions d'échapper,
ils

ils étoient de la hauteur d'un
homme ordinaire, & ils me parurent reſſembler de loin à des
crapauds, excepté le viſage qui
avoit quelque rapport au nôtre,
ils étoient nuds, de couleur jau-
nâtre tâchetée de noir, & mon-
tés ſur de grands vers qui leur
ſervoient de chevaux dont les
jambes étoient courtes & ramaſ-
ſées ; cette troupe ſembloit marcher avec ordre, & l'un de ces
Monſtres marchant à la tête portoit au bout d'un grand bâton une
chouette dont les aîles étoient
déployées. Lodaï, Boldeon,
& moi rentrâmes avec frayeur
dans l'habitation, ma mere &
la Princeſſe éperdues de l'effroi
qui étoit peint ſur nos viſages
n'oſoient nous en demander la
cauſe : dans cette affreuſe &
nouvelle extrémité nous ne
trouvâmes pas d'autre expedient

que celui de barricader l'entrée
de la demeure : Falbao qui
dormoit s'étoit levé brusque-
ment au trépignement que nous
avions entendu , & sembloit
nous rassurer par la fierté de ses
regards ; son premier mouvement , lorsque j'avois été à la
porte fut de me suivre , mais
Boldeon l'avoit retenu ; & cet
aimable animal aussi docile avec
nous que furieux avec nos ennemis , étoit allé se recoucher
aux pieds de la Princesse & de
ma mere.

Nous tenions conseil sur ce
que nous avions à faire dans
cette périlleuse occasion , lorsque nous vîmes paroître à des
créneaux qui donnoient le jour
à notre habitation , le visage
horrible de ces Monstres nouveaux ; nous jettâmes un cri
d'effroi à cette vûe , Falbao sau-

ta à cette ouverture, & fit de vains efforts pour y paſſer; ſon inſtinct lui faiſant connoître qu'il n'en pouvoit venir à bout, il retourna vers la porte contre laquelle il gratta, & ſembloit en nous regardant nous inviter à l'ouvrir; notre frayeur étoit trop grande pour acquieſcer à ce déſir, Falbao quitta cette entrepriſe & ſe mit à fouiller la terre: nous le regardions triſtement ſans pénétrer le but de cette nouvelle tentative, lorſque nous vîmes avec étonnement le terrain ſur lequel nous étions trembler, & Falbao ſe précipiter dans un trou qui s'effondra ſous ſes pieds.

Fin de la ſeconde Partie.

APPROBATION.

J'AI lû par ordre de Monseigneur le Garde des Sceaux la seconde Partie de *Lamekis*, & j'ai crû qu'on pouvoit en permettre l'impression. A Paris le 9 Mars 1736.

MAUNOIR.

On trouvera dans la même Boutique la premiere Partie dudit Ouvrage; la Mouche, ou les Avantures de M. Bigand, & le Repertoire, Ouvrage Périodique. Le tout par M. le Chevalier DE MOUHY.

www.ingramcontent.com/pod-product-compliance
Lightning Source LLC
Chambersburg PA
CBHW071230260626
47162CB00004B/1490